ハヤカワ文庫 SF
〈SF2344〉

宇宙英雄ローダン・シリーズ〈653〉

チャヌカーの秘密洞窟

アルント・エルマー&クラーク・ダールトン
星谷 馨訳

早川書房

8736

PERRY RHODAN
DAS HAUS DER FÜNF STUFEN
DAS GEHEIMNIS VON CHANUKAH
by
Arndt Ellmer
Clark Darlton

Translated by
Kaori Hoshiya
First published 2021 in Japan by
HAYAKAWA PUBLISHING, INC.
This book is published in Japan by
arrangement with
PABEL-MOEWIG VERLAG KG
through JAPAN UNI AGENCY, INC., TOKYO.

目次

チャヌカーの秘密洞窟

登場人物

ペリー・ローダン……………………ネットウォーカー。もと深淵の騎士

レジナルド・ブル（ブリー）………《エクスプローラー》指揮官
グッキー………………………………ネズミ＝ビーバー
ボニファジオ・
　　スラッチ（ファジー）………《エクスプローラー》乗員。ブルの副官
ハッチェルトク………………………キュリマン。エルスクルス保安省の相談役大臣
ラウダーフェーン……………………シャバレ人。ポテアの代表
グーレシャド…………………………オファラー。同メンバー
シェドック……………………………キュリマン。同メンバー
ファラガ………………………………ナック。ハトゥアタノのメンバー
メイ・ラオ＝トゥオス………………ラオ＝シン。庇護者
カル・メン＝トー……………………同。庇護者代行

五段階の衆

アルント・エルマー

1　ボンファイア到着

〝マップ〟のデータから、最適の出発地は惑星アロブらしいとわかった。マップはネット・コンビネーションに装備されており、すべての優先路とそのノードがリストとして記載されている。

ペリー・ローダンはアロブについてこれまで名前しか聞いたことがなかったが、惑星サバルの地表から優先路にもぐりこんだ。その進入口のようすは、まだ意識のなかに焼きついている。半球形のかすかな発光現象で、そこからプシオン・ネット内に進入できるのだ。

この方法でプシオン・ネット上を進むことは〝個体ジャンプ〟と呼ばれる。ネットウォーカーは、位置さえわかれば優先路ならどこでも入りこめる。ふつう、優先路は一惑星の地表に存在するが、宇宙船に乗った状態から移動することも可能だ。通常路と同様、優先路は現存するラインに沿って宇宙全体に張りめぐらされている。恒星や惑星を縫ってネット状に絡み合い、多少の差はあれ、どこでも密な模様を描きだしていた。それが目で見えるのはエネルプシ航行のあいだだけだ。そのあとは、プシオン・ラインが観察者の視神経よりも精神に作用するようになる。

優先路に進入したローダンは、時間のロスなく移動した。ネットウォーカーの意識のなかでは、移動に数秒あるいは数分かかった気がするのだが、実際は旅のはじまりと終わりはまったく同時に起きる。ただ、目的地の直前ですこし時間がかかるのだ。そこでは移動にわずかな遅滞が生じる。ローダンがゴールを確認し、アロブの地表あるいはその一部をちらりと見たあと、思考命令によって、本来の目的地をピンポイントで確定するまでの時間である。

優先路の特徴であるグリーンのきらめきはじきに消え、グリーンの空がローダンを迎えた。やわらかい地面に立ったため、ブーツが十センチほど埋まっている。見あげると、自分だけにわかる半球形の輸送フェーズがまだ光っていた。この現象が認識できるのは、プシオン刻印があるからだ。ネットウォーカーの個体放射に反応して起きるプシオン現象ということ。

ネット・コンビネーションの装置が取得データの値《あた》いを伝えてくる。空気は呼吸可能。気温は十六度と、まずまずだ。コンビネーションがとるべき防護処置はなにもなく、着用者は自由に行動できる。

ローダンは着衣の弾力性ある素材をなでた。ネット・コンビネーションはセラン防護服の装備をすべてそなえるほか、ネットウォークに必要な全機能が追加されている。セランほど大きく不格好ではないので、極端な環境下でも機動性があり、まるで第二の皮膚のように感じられた。

方向を確認する。目標地点にうまく着けた。前方に宇宙船が複数ある。左は見わたすかぎり建物がならび、その向こうにはひろい平地があって、あちこちに小規模の居住区が見える。やわらかいグリーンの光に照らされたそのさまは、まるでシルバーグリーンの海に浮かぶ島々のようだ。

ローダンはひと目でこの惑星を気にいった。建物群のほうへ歩きだす。本来の目的地は惑星ボンファイアなのだが、そこは優先路の範囲外であるため、アロブを中継地として選んだのだ。かれはコンビネーションの脚ポケットに触れ、旅に必要なこまごましたものが入っているのをたしかめた。アブサンタ＝シャド銀河のこのあたりで使われる通貨も潤沢にある。

ソタルク語でエルスクルスという名がついている惑星を、エルファード人ヴォルカイルはボンファイアと呼んだ。それにより、自分と銀河系のヴィーロ宙航士たちとの結びつきをしめしたということ。

――グライダーがローダンのほうへ急行してきて、十メートル手前に着陸した。ハッチが開き、ロボットの声が聞こえてくる。

「姿を見えなくすることでもできるのですか、異星のかた？　居住区のほうからいらしたのなら、こちらはもっと早く見つけて飛んできたのですが。どうぞお乗りください。どちらまで？」

ローダンは愛想がいいこの乗り物を使うことにして、大きな発泡シートに身をあずけた。グライダーが上昇するまで待ち、

「宇宙港の通関ビルまでたのむ」と、指示する。「通行証がほしいのだ……エルスクルス行きの！」

もうすこしで〝ボンファイア〟といいそうになった。そんなことをしたら、ゴリムだとばれてしまうところだ。さいわい、流暢《りゅうちょう》なソタルク語を聞いたグライダー・ロボットがこちらの出自を疑っているようすはない。コースを入力し、宇宙港周辺にあるなかでいちばん大きな建物へと向かった。ほかに数十機のグライダーが行きかうルートに合流する。宇宙港はかなりの混雑ぶりだ。グライダーがこう告げた。

「ご要望は中央予約センターに伝えておきました。ただ、すぐには無理だと思いますよ。この時期、そちら方面に向かう船はアロブにはスタンバイしていないので、お待ちいただくことになります。宿泊先をご用意しましょう！」

グライダーが降下するが、ローダンは抗議した。必要以上にアロブに長居する気はない。レジナルド・ブルから知らせを受けとったのだ。でぶは〝七つの目〟というホテルを会合ポイントに指定してきていた。クロノグラフを見ると、いまは標準時間でNGZ四四五年十二月二日。

「通関ビルの正面入口で降ろしてくれ」と、命じる。

グライダーは再度コースを変更し、いわれたとおりにした。着陸後、運賃を請求してくる。ローダンはネット・コンビネーションの脚ポケットをまさぐり、マグネット・プレートの上に硬貨を数枚置いた。それが回収されると、ハッチが開いた。

外に出る。

たちまち宇宙港の喧騒《けんそう》につつまれた。そこらじゅうロボットがぎこちなく歩きまわり、ひっきりなしに持ち主の名を呼びながら荷物を運んでいる。そこへ、自分たちのロボットを探して呼ぶ声もまじる。色のちがいも目印もないから、どれも同じに見えて区別がつかないのだ。

まさに混乱状態で、通関ビルまで進んでいくのもひと苦労だった。やっとのことでビルの回廊につづくホールにたどりつき、ローダンは安堵の息をつく。長い行列の最後尾にならんだときは、グライダーを降りてから半時間以上たっていた。ようやく自分の番がくるまでに、さらに一時間待つことになる。

「これじゃ、まにあうように会合ポイントに行くのはとうてい無理だ」そう文句をいうと、クラゲに似た一生物が振りかえってコメントした。

「〝会合ポイント〟という言葉はつねに謀略のにおいがしますな。だが、あなたは謀反をくわだてるようには見えない。植民地エルファード人ですか？」

「いや」ローダンは早口にいう。「わたしはアブサンタ＝ゴムからきた。アブサンタ＝シャドの者ではない」

「アブサンタ＝ゴムにも植民地エルファード人はいますよ。それはそれとして、どうやらあなたは、どこに行っても出遅れるタイプのお人らしい」

「ま、そんなところだ」そのときクラゲの番がきたので、ローダンはほっとした。これでわずらわされずにすむ。

だがしばらくのち、エルスクルス行きの通行証入手で苦労するはめになった。うまくいかなかったのだ。ロボット係員によると、いまアロブ宇宙港には貨物船一隻しかないという。貨物船に乗客を乗せることはできない決まりらしい。とりあえず、いまのところは。それが戦士アヤンネーの命令だからだそうだ。

「次の客船はいつくるのだ？」

「百恒星日後です」と、ロボット。

それを聞いたローダンは、あきらめてビルを出た。宇宙港を歩き、あちこちでたずねまわりながら、くだんの貨物船に行きつく。貨物用ハッチから船内にもぐりこみ、使われていなさそうなキャビンを見つけた。ここまでだれとも出会わなかったし、かくしカメラもなかった。すみのほうにまるめてあったハンモックをひろげて横になり、船のスタートを待つ。

だが、どうやら見込みちがいをしていたらしい。船殻に響くエンジン音が大きくなり、そろそろスタートだと思ったとき、ハッチがスライドして開いたのだ。急いで起きあがると、ブラスターの銃口が複数こちらに向けられ、赤く光っているのが見えた。四名のヒューマノイド生物が入ってくる。ローダンがこれまでに会ったことのない種族だ。前後に尖った楕円形の頭蓋が頸の上に乗っていて、まるでメロンを串に刺したように見える。両目は側面のはなれた場所にあり、鼻の先端にはちいさな穴が一ダースあいていて、その上に垂れ蓋みたいなものがあった。口だろう。肌の色はイエローグリーンで、白いコンビネーションを着用している。

「密航者だ！」先頭の生物が驚いたようにいい、武器をおろした。ほかの者もこれにならう。「これは驚いた。いやいや、摩訶不思議《まかふしぎ》なこともあるもの！」

「べつになんの魂胆もない」ローダンはあわてて、「むろん運賃は支払う！」

四名の武器がまたあがる。うち一名が、永遠の戦士のプロジェクションさながらの大声をとどろかせた。

「われわれ船乗りを侮辱する気か？　運賃を支払うだと？　またそんなことをいったら、命はないぞ！」

「侮辱するつもりは毛頭なかった」ローダンは立ちあがる。四名にはさまれ、船内を進んでいった。連れていかれたのは司令室のような場所だった。すくなくとも、船の一部をここから操縦できるらしい。かれは指示されたシートにすわった。台座がすこし上昇し、室内のようすが見わたせるようになる。ほぼ同時に船がスタート。

〝下〟を見ると、しばらくざわついていたが、数分後には四名の注意がふたたびこちらに向いた。

「ゲリオド人たちよ、われわれ、ようやく客を迎えたぞ」先ほど〝船乗り〟と自称した者が高らかに宣言した。「われわれをもてなす客はこの男だ。目的地に着くまでのあいだ、つとめをはたしてくれるだろう。かれの語りが気にいれば、旅をすこし延長してもいい。だが、話がとまったり、われわれにとって不満な内容だったりしたら、かれにはべつの方法を探してもらう」

「わたしの名はペリーだ」と、ローダン。「エルスクルスまで乗せていってほしい。そう思ってこの船に乗りこんだのだ」

「ペー、リー、か。ふむ。あんたの語りがつまらなければ、そこでほうりだすからな」〝船乗り〟はそういうと、「わたしのことはゲリオド＝ウンフと呼んでくれ。さ、語るんだ。なんでもいい。ただし、われわれを退屈させるなよ！」

ローダンは笑いを嚙み殺した。どうやら、ゲリオド人というのは風変わりなメンタリティの持ち主らしい。かれら、いったい戦士の輜重《しちょう》隊のなかで有用な種族だと見られているのか、それとも関わらないほうがいい相手なのだろうか。

「聞きごたえがあると思うぞ」と、はじめる。「エスタルトゥの闇に関する物語だ！」

＊

ネットウォーカーは恒久的葛藤の公然の敵である。つまり、永遠の戦士や法典に忠誠を誓う者すべての敵でもある。したがって、なんらかの任務を帯びて行動するさいにもっとも重要なのは、ネットウォーカーという身分を秘匿《ひとく》することだ。それはつねにかんたんというわけではないが、今回は楽勝だとローダンは思った。ゲリオド人の性質は非常に奇妙奇天烈《きてれつ》だから、こちらの正体など絶対に考えつかないはず。かれらの注意を語りだけに引きつけ、おおいに楽しませればいい。相手が通貨フェダでの運賃を受けとらないのなら、それでちゃんと相殺《そうさい》できるだろう。

ローダンは、いまや力の集合体エスタルトゥのいたるところで知られていることを語った。つまり、もう超越知性体が存在しないという話だ。

ゲリオド人たちの顔に疑念が浮かぶと思ったのだが、すぐに気づくことになる。かれらが関心あるのは話の中身ではなく、語り方なのだ。船がアロプの大気圏を出てプシオン・ラインに入り、スクリーン上の光景が変化……それでこの船がエネルプシ・エンジンを搭載しているとわかった……したときのこと。かれはすこしのあいだ、語りを中断した。

すると、ゲリオド＝ウンフが大声でわめきだすではないか。ローダンは困惑し、あわてて話の糸口を探すと、あとはずっと語りつづけた。一度、水が飲みたいといったのだが、ゲリオド人は反応しない。しかたなく、ネット・コンビネーションから水タブレットをとりだして口に押しこみ、嚙み砕いて唾液《だえき》とともにのみこんだ。おかげで喉の渇きはおさまり、内心の緊張もすこしやわらぐ。エスタルトゥに関して知っているかぎりの話を終えたのち、永遠の戦士やエルファード人の話にとりかかった。なるべく中庸な語り方を心がける。自身も力の集合体エスタルトゥの種族だと見せかけるためだ。たぶん、うまくいっただろう。

ゲリオド人たちは立ったまま、あるいはすわって、じっと動かず、かれの言葉に聞き入っている。スクリーンにあらわれていた色とりどりの線が消え、通常空間の漆黒がとってかわったのを見て、ローダンはほっとした。画面中央に大きなまるい一天体がうつしだされる。かれが語りをやめると、ゲリオド人の凝視がすこしだけゆるんだ。〝船乗り〟がやってきて、かれのシートを床の位置までさげる。ローダンは立ちあがった。

「あんたはおかしな語り手だ」と、ゲリオド＝ウンフ。「語り方にむらがある。あるときは興奮して語ったと思うと、あるときはつまらなそうにしゃべったり。このまま乗せておきたくはないが、かといってすぐに追いだしたくもない。正しいのはつねに中道。あんたをエルスクルスで降ろすとしよう。だが、船にもどってくるなよ。危険だからな」

その理由を知りたいとローダンは思った。

「なにが危険なのかね？」と、たずねる。

「戦士アヤンネーとそのハンターたちだ。ヴィレーヤーを知っているか？ かれらがこの惑星にいるのだ、ゴリムよ！」

つまり、ばれていたということ。だが、〝ゴリム〟はネットウォーカーのみならず、異人全般に使われる言葉だ。ゲリオド人がどちらの意味で使ったかわからないが、こちらもそれを問いただすほどばかではない。

「どうしてゴリムとわかった？」と、訊いてみた。

「かんたんなこと。知ってのとおり、われわれは語り手の言葉だけでなく、その話し方に注目する。無意識の動きから、あれこれ察知するのだ。あんたが力の集合体エスタルトゥ出身でないことはわかっていた」

「わたしはソト＝ティグ・イアンが支配する銀河からやってきたのだ。それもじきにわかったのだろうな」

「ともあれ、アヤンネーの諜報員は鼻がきくぞ！」

わたしはもっと鼻がきく、と、ローダンは思った。未知の環境でうまくやっていくには、注意深く目立たず行動する必要があるのだ。それが今回はボンファイアということ。ただ、まだその段階ではない。いまはまだスクリーンに恒星アルスコがうつっている。スペクトル型K５Ⅲの老いた星で、表面温度は絶対温度で三千九百度と冷たく、直径は太陽の三十五倍、質量は八倍。その唯一の惑星がボンファイアだ。スクリーン上でアルスコがわきに流れていき、赤みを帯びた光点が見えるだけになるにつれ、画面にはゆっくりと惑星があらわれてくる。

ゲリオド船は惑星にコースをとり、低い周回軌道に乗った。さほど活発な動きが見られないので〝船乗り〟が不思議がる。ふだんならこの待機軌道には宇宙船がうようよいて混み合うため、かぎられた時間しか使えないのだという。ところが、いまはせいぜい二千隻といったところか。これならほとんど問題ない。

ゲリオド人は地上ステーションとみじかく交信し、着陸機動に入った。宇宙港に向けてコースをとり、惑星をおおいつくす雲の天井を突っ切る。十五分後、船が着陸。〝船乗り〟とその同行者数名がローダンをシートからおろし、反重力フィールドのあるエアロックに連れていった。今回は武器を帯びておらず、言葉もすくない。船から降りていくあいだ、かれは考えをめぐらせた。あの奇妙な種族は恒久的葛藤の枠組みのなかでどういう役割を演じているのだろうか。あまりに逸脱したメンタリティを見れば、重視されていないのは確実だと思うが。

ローダンは地面に足を踏みだした。視線の先に多くの船が見える。宇宙港は主要な二都市の北方にあり、広大な地域にひろがっていた。この混雑のなかでブルのヴィールス船の登場を待つのは見込み薄だろう。慎重に情報を入手しなくてはならない。

そのとき、五十メートルほどはなれた場所に浮遊しているグライダーが目についた。一瞬、透明キャノピーの奥にナック種族の姿が見えた気がしてはっとする。ローダンはゲリオド船の着陸脚の陰にかくれた。

ナックがボンファイアに？　ネットウォーカーの組織は惑星の事情に通じている。ナックがここにきたことは、まだないはず。

ローダンは首を振ったものの、そのグライダーが視界から消えるまでかくれたままでいた。それから、用心深く歩きだす。

＊

エルスクルスが居住惑星になったのは、せいぜい二、三千年前のこと。それまでの文明のなごりは〝ほぼ〟存在しない。というのも、あまりにわずかなため、それが本当に惑星の原文明の遺物なのか、それとも一時的な入植者に由来するものなのか、判断できないのだ。いずれにせよ、当該文明が消え去ったのはアルスコが冷却期に入り、その熱核融合反応がしだいに変化していったときのことにちがいない。いま、赤色恒星は星の一生の最終段階にある。あと数百万年もすれば終焉を迎えて大爆発を起こし、ほとんどの部分が吹き飛んでしまうだろう。

だが、そんなことをボンファイアの住民はまったく考えていない。住民のほとんどは商人で、あとは職人、科学者、哲学者などだ。掠奪者や宙賊の類《たぐ》いも少数いる。エルスクルス宇宙港は自由往来が保証されているため、エスタルトゥの全銀河からやってくるのだ。かれらの種族はさまざまだが、ひとつ共通点がある。束縛を嫌い、自由に憧れていることだ。ボンファイアはアヤンネー帝国の中心にありながら、永遠の戦士の掟は適用されず、法典の戒律など口にすると笑い飛ばされる。それを持ちだすのは新参者か、反抗分子のみというわけだ。見方を変えれば、ボンファイアは戦士の保護がおよばない地ともいえる。

ローダンは有蓋の浮遊機をチャーターし、乗りこんだ。アクリルガラス製の透明キャノピーは、機内から外は見通せるが、外から機内はのぞけないようになっている。

浮遊機が上昇すると、胃のあたりが浮きあがるように感じた。宇宙船が眼下に遠ざかっていくあいだ、地平線をじっと見つめる。惑星はつねに雲の層におおわれ、閉塞感があった。アルスコをじかに目視することはできない。住民のあいだではこんな言い伝えがある……いつか雲の天井が裂けて老恒星の火球が空にあらわれたなら、そのときはアルスコの最期だと。

それでもボンファイアの地表は充分に明るかった。地上にあるものすべてに、赤みを帯びた陽光が降りそそぐ。建物の影は深紅だ。赤という色はいたるところで反射し、吸収されることはほとんどない。まぶしくはないものの、ときおり目ざわりになる。

ローダンの頭には、グライダーで見た姿が焼きついていた。あれはたしかにナックだったと、いまでは確信している。だからこそ、にわかに用心深くなった。かれとエイレーネが法典守護者ドクレドに捕まったとき、明らかになったことを思いだす。あのとき、なぜ自分たちがイハン門でパイリア人とソム人の罠にはまったのか、不思議だった。ナックのせいだったのだ。テラナー門では、ナック種族の門マスターや門管理者が見張りとして目を光らせていたもの。かれらは有機体の脳から出る放射を苦もなく察知し、特定の判断基準によって分析することができる。だから、エイレーネの行き先を容易に突きとめたのだ。ローダンの行き先も同様で、かれの脳波パターンも入手している。ということは、それが紋章の門すべてと全管理者に伝わっている前提で考えなければならない。また、すべてのナックにも伝わっているはず。

つまり、いまやナックたちはローダンが近くにいたら確実に察知できるということ。

とはいえ、ローダンの見立てどおりならば、その自分がよりによってボンファイアにきたのは偶然にすぎない。こちらはあらゆる防衛処置を講じるまでだ。

「キヴァへ！」と、浮遊機の自動装置に命令する。音声機能がないタイプなので応答は聞こえないが、ランプが一回点滅して了解を知らせた。

高度三百メートルほどで南へ向かう。地平線上に都市のシルエットが見えてきた。エルスクルスには主要な都市がふたつある。パアヴィム川沿いのモバラと、ムウタル川沿いのキヴァだ。モバラに政府機関が集まっているのに対し、キヴァは観光の中心地で、旅行客に特化したすべてがある。どちらも赤道付近までひろがる一大陸の、北西から南東方向へはしる海岸線に位置していた。この両都市の北方にのびる山岳地帯に、宇宙港がある。

スクリーンが明るくなり、文字が浮かびあがった。

〝どちらに向かいますか？〟

同時にキヴァの市街地図がうつしだされ、おすすめの見どころがハイライトされる。

ローダンはそれを一瞥《いちべつ》して、

「〝無限の塔〟にやってくれ！」と、応じた。塔は町の中心部にあり、そこから種々の手段で海岸に行けるらしい。

眼下にひろがる建物群を見わたす。さまざまな種族が思い思いの建築様式を用いているため、ひとつとして似たものはなかった。観光の中心地は、この力の集合体からやってきてボンファイアの住民となった全種族のるつぼなのだ。

半時間ほど飛行すると、せまい敷地に建つ塔が見えてきた。切り石でできた大きな建築物が複数あり、漏斗《ろうと》状の一施設をかこんでいる。上はオープンだが、内側をのぞくことはできないしくみだ。切り石のあいだに細い通路が数本はしっていて、歩行者や小型地上車で混雑している。浮遊機は塔の近くにあるプラットフォームに着陸。ローダンは運賃を支払ったのち、降機した。

サバルでゲシールとみじかい会話をしたとき、かれは〝すこし荷づくりする〟と皮肉めかしていったもの。戦闘服や装備ではなく……それならネット・コンビネーションにすべてそろっている……目的地に関する書類をすこしと、現地通貨を用意したのだ。書類の内容はコンビネーションのシントロン・コンピュータに入力してある。通貨のほうは、いま持っている金額から判断すると、この銀河全域を旅行できるにちがいない。

プラットフォームから塔の内側につづくドアがひとつあった。飾りけのない四角いドアで、高さ二百五十メートルほど。地味なグレイの素材でできていて、組み立て方は不明だ。どこにも〝無限〟の雰囲気などない。

「走査ビームを感知しました」ネット・コンビネーションがローダンだけに聞こえる小声でいう。

塔に入ろうとしているのだから、当然だろう。べつに騒ぐこともない。観光施設というのはこのように旅行客を走査ビームで調べ、適切な輸送手段を用意したり、各部署が事前に適応できるようにするのだ。ローダンは応答しなかった。

「ビームはあの、グライダーが二機とまっているプラットフォームのほうから発しています」コンビネーションがつけくわえる。「数種族のメンバーがいるところです」

ドアが開く。塔の内部から押しよせる明かりのなか、ローダンはそっと周囲を見わたした。いくつかの色が目にとまっただけで、気づいたことはあまりない。ところが塔内に足を踏み入れると、そこは光の回廊だった。無数の星々や銀河のらせん、その他さまざまな宇宙の現象があふれている。かれは思わずまばゆさに目を閉じ、それからゆっくり開けて、すべてを脳裏に焼きつけた。

目の前にあるのは、まさに無限そのものだった。三次元空間でありながら、なぜか時間的要素も存在し、全体は四次元の印象なのだ。

ちいさな金属製円盤が漂ってきて、ローダンのすぐそばに浮かんだ。

「ようこそ、お客さま!」と、音声が聞こえる。「あなたが見ている光景は錯覚ではありません。この宇宙モデルは実際に動いています。自然の動きよりも高速ですが、認識できないほど速くはない。驚くことはありません。ここにくる人はみな、時間ファクターの驚異を感じとります。塔の上を見あげてごらんなさい。時間はそこからくる。そこがはじまりの場所なのです！」

ローダンはやっとのことで、はてしないひろがりから目をはなし、細い支柱でできた回廊の柵につかまった。奈落の情景が壁に反映してうつしだされ、無限のどまんなかに浮かんでいるような心持ちだ。ゆっくりと頭をそらし、上方を見る。塔の高みの細くなったところに大宇宙が開けていた。いちばんてっぺんにあるちいさな光点は、ビッグバン時点の宇宙だ。それが壁に沿って下にいくにつれ、虚空のなかで発達していく。濃いガス雲になり、時の流れとともに銀河や星々が生まれる。恒星とともに生じた惑星の数々に生命の姿は見られないが、銀河のかたちはよくわかった。

そのとき、塔の中央に十二の物体が生じた。手でつかめそうなくらい近くに感じる。

「力の集合体に属する銀河はぜんぶで十二あり、これらは各銀河に存在する奇蹟のシンボルです。順にご紹介しましょう。

シオム・ソム銀河、紋章の門。

トロヴェヌール銀河、オルフェウス迷宮。

アブサンタ＝ゴム銀河、不吉な前兆のカゲロウ。

アブサンタ＝シャド銀河、スティギアン・ネットの漁師。

シルラガル銀河、歌い踊るモジュール。

スーフー銀河、怒れる従軍商人。

ムウン銀河、番人の失われた贈り物。

パルカクァル銀河、エメラルドの鍵衛星。

ウルムバル銀河、陽光好きな黄金雨降らし。

ダータバル銀河、カリュブディスのセイレーン。

エレンディラ銀河、至福のリング。

ムジャッジ銀河、閃光のダナイス。

以上が力の集合体に属する十二銀河の奇蹟です。残念ながら、こちらの無限モデルに銀河系の奇蹟〝ゴルディオスの結び目〟は反映されていません。設計者たちがこの塔を建てたさい、将来なんらかの変化が起きるとは思っていなかったのでしょう」

ローダンは聞いていなかった。背中に妙な殺気を感じたのだ。警戒しなくては。

「おかげでよくわかった」と、謝意を述べる。「なにか質問があれば声をかける！」

回廊沿いに足を進めつつ、こっそり周囲を見わたしてみた。近くに来場者が数名いる。そのうちひとりは派手な衣装が目立ち、ミュータント化したガヴロン人のようだ。なにか興奮しながらロボット同行者二体に話しかけ、頭上の案内円盤まで巻きこんで小声で議論をはじめた。

ほかの来場者たちは遠くにいて、ようすがよくわからない。

ローダンはもうしばらくのあいだ無限モデルを堪能してから、出口に向かった。先ほど感じた殺気は消えている。ただの思いこみだったのかもしれない。

グライダーを呼んで、旅行客用の商店街を訪れてみた。アーケード内をぶらぶら歩き、店先にさがっている惑星の手工芸品や衣服を検分する。喉が渇いたのでどこかで休もうと思い、正面出入口から近くの通りに入った。ある円形建物のカーブの陰にかくれ、そこでしばし立ちどまる。べつの建物の玄関が鏡面になっていて、かれはそこをじっと見つめた。

色がいくつか視野に入ってきたが、赤い空の光のなかでは区別するのがむずかしい。それがふたたび奥の売店のほうに消える。

ローダンは安堵の息をついた。まちがいない。だれかに尾行されていたのだ。とりきめた会合ポイント、ホテル〝七つの目〟へすぐに向かわなくて正解だった。

ナックと思われた存在のことをまた考える。

すでにアヤンネーの手先がこちらを追っているのだろうか？　十五年前にブルが不愉快な経験をさせられたという、あのヴィレーヤーのメンバーか？

2　ホテル〝七つの目〟

われわれがアアチド星系を去る前、ヴォルカイルは暗号化通信をよこしていた。ヴォールス船がそれを読めるかたちにしたおかげで、惑星エルファードの当時の状況と、あやうくわれわれが見舞われそうになった悲惨な運命をもたらした出来ごとが明らかになる……それがエルファード人たちの問題だったことも。ただ、ひとつエルファード人たちを元気づけた出来ごとがあった。シェマティンが分裂し、子孫が生まれたというのだ。親子ともに息災らしい。最後にもう一度われわれとの再会を期して、ヴォルカイルの通信は終わっていた。

「これだけ？」ファジーことボニファジオ・スラッチがいきりたつ。「あとはなにもなしか？」

「なしです」と、ヴィー。「たりませんか？」

「たりない。でも、だんだんたりてきた」そう満足げにいった次の瞬間、かれはわっと叫び、スクリーンを両手でさししめした。

いつのまにかわれわれは、ボンファイアまであと四万キロメートルの距離にきていた。あたりはやけに動きがなく、これはなにかあるとわたしは確信したもの。それでもいまのところ、宇宙港管理局はこちらの呼びかけに応答していない。

そこでファジーが叫んだ理由がわかった。惑星近傍に次から次へと宇宙船が実体化しているのだ。数千隻はあるだろう。それぞれ巨大な矢のごとく惑星に向かったと思うと、異なる停留ポジションにスムーズに分散した。惑星上空には高度十二万キロメートル、九万キロメートル、六万キロメートル、三万キロメートルと、ぜんぶで四つの待機軌道がある。いずれの軌道もいまは混み合っていない。こちらの船一隻がどのポジションに入ろうと関係ないため、地上管制からなんの指示もないと思っていたのだが。

「なんかようすが変ですよ」と、ファジー。「とんでもないことが起きるのでは」

「ペシミストめ」ストロンカー・キーンがあっさりいう。「ま、たしかに妙だな。ふつうに考えたら、悪魔めいた永遠の戦士の指示で金の亡者《もうじゃ》が集まったというところだが、われわれの知らないことがあるにちがいない！」

「宇宙船間の交信はありません」船が報告した。

「よし。高度一万五千キロメートルで待機するぞ。向こうをおびきだしてやろう！」

船は目標ポジションに向けてスタートした。三万キロメートル地点を通過すると、地上管制から連絡が入る。ヴィーが司令室のまんなかに、一ソム人の姿をホログラムで投影させた。

「一船団まるごと宇宙港におりるつもりか？」相手がソタルク語で質問した。「それだと、とてつもない着陸料がかかるが！」

「心配無用。わたしを見てわかるだろう。エルスクルスへやってきたのには理由があるのだ。金ならある。とはいえ、部隊ぜんぶを着陸させる気はない。一隻だけで充分だ」

こちらがトシンの印のことをほのめかしても、ソム人はそれにコメントせず、消えた。なぜソム人がボンファイアに、しかも宇宙港管理局にいるのか……そのことにわたしが思いいたるより早く、べつの者のホログラムがあらわれる。遠目にはキュリマンに見えたが、そうではなく、見たことのない種族だ。十五年前と同じ係員が出てくるとは、こちらも思っていなかったが。

「準備をお願いする」と、相手はいった。「宇宙港の割り当て場所に着陸できるのはきっかり一時間だ。そちらの船の大きさは？」

わたしは《エクスプローラー》本体の規模を伝え、係員が復唱する。

「いまそちらがめざしている軌道は、特例として使用可能になっている。あなたがたがゴリム船に乗るゴリムだからという理由ではなく、喫緊《きっきん》の事態に合わせた処置だ。エルスクルスでは目下、配慮すべきことがいくつかあるので」

それで話は終わりだった。ヴィーはすでに離脱にかかっている。本体である基礎ユニットとほかのセグメントをつなぐ連絡タワーが切りはなされ、《エクスプローラー》は自由になった。ヴィールス船の部隊は基礎ユニットが抜けた穴をのこしたまま周回軌道にとどまり、本体のほうは惑星地表をめざす。

記憶のなかの風景と同じだ。船はぶあつい雲の天井を突っ切り、赤い光につつまれた惑星に進入していく。地平線はぼんやりオレンジ色に照らされ、非現実的な眺めだった。実際に地平線なのか、霧の縁が視覚効果でゆがんで見えるだけなのか、人間の目では判別できない。

《エクスプローラー》は山脈の反対方向に進み、その南端に沿って降下すると、指定された場所にぶじ着陸。ヴィーが重力エンジンをオフにする。宇宙港管理局がお決まりの一本調子で前と同じ文句をくりかえした。

「エルスクルスへようこそ。下船するかたは、黄色と赤のマークがあって〝ジャント〟の文字が入ったグライダーで通関ビルまでお越しください。フェダのご用意をお忘れなく」

「慈悲深い超越知性体よ、また同じせりふか!」ファジーが嘆く。

見ると、かれは着陸に向けてこの数分間にめかしこんでいた。着ているのはふつうの船内服だが、ありがちな色では満足できないのか、胸に多彩な継ぎ当てや飾りをくっつけて動物の顔を描きだしている。グリーンと青と赤の、大きなまるい耳がある動物だ。

頭にはフェルト帽をかぶり、その下から髪がはねて好き勝手にはみだしている。帽子のはしに目立つ長さ三十センチの羽根は、この痩《や》せぎす男が自分で着色したにちがいない。この宇宙に……すくなくともエスタルトゥの宙域に……これほどどぎつい色に光る羽を持つ動物がいるはずはないから。

「ボニファジオ・スラッチ！」わたしはきびしい声を出した。「きみの意気込みは認めよう。かつては地球でも皇帝や王の側近が、そのような姿でうろついていたもの。だが、ここでは少々やりすぎだ。知ってのとおり、われわれ、ボンファイアではなるべく目立たないようにしたい。きみも住民の子供たちを恐がらせたくはないだろう」

ファジーはおとなしく両手をひろげ、

「あたりまえですよ」と、いう。「なんでそんなことをいいだすんです？」

かれは踵《きびす》を返し、出口へと向かった。そこで立ちどまって待っている。わたしはストロンカー・キーンとラヴォリーに合図した。ふたりとファジーがわたしに同行する予定だ。あとの《エクスプローラー》乗員は船にのこるが、ストロンカーがすでに二組のコマンドを編成し、あらかじめとりきめた合図があれば出動するようにしてある。万一のさい、われわれを援助するのがかれらの任務だ。

われわれは下船したのち、分散した。グライダーの一機にファジーとわたしが、もう一機にストロンカーとラヴォリーが乗りこむ。おおよその計画については話し合いずみだ。わたしの機はまっすぐホテル〝七つの目〟へ向かうが、もう一機はあちこちまわり道することになっている。

二機とも上昇し、それぞれ異なる軌跡を描いて飛んだ。われわれの目的地はまだ伏せてある。オートパイロットもなにも問い合わせてこない。

そのとき、どこか下方で破裂音が聞こえた。五キロメートルほど先で爆発が起きたらしく、大きな破片が宙を舞うのがキャノピーごしに見える。グライダーは圧力波にとらえられ、吹き飛ばされた。シートの背からハーネスが飛びだし、わたしは拘束されて動きがとれない。そのあいだ、グライダーは飛行姿勢を安定させようともがいていた。

機体に衝撃がはしり、めりめりという音がつづいた。わたしはなにが起きたのかすこしでも見きわめようと、首を左右に振る。たいていの場合に着ているヴィールス・セラン、すなわちヴィランのヘルメットが閉じた。ファジーがたてつづけに悪態をつき、驚きの悲鳴をあげる。かれの防護服はひどいありさまで、いくつか青い染みがついていた。

グライダーは尾部から墜落していった。何度か宇宙港の敷地に衝突し、尾部がエンジンもろとも引きちぎられて、そのままになる。いきなり後方の視界が開けてしまった。

高脚型宇宙船数隻のあいだから救助隊が押しよせ、宇宙港の一部を閉鎖している。船が一隻近づいてきて、着陸床の損傷部分にフォームカーペットを敷きつめた。

われわれのグライダーも崩壊がおさまった。計器盤を見ると、すごい勢いでランプが点滅している。だが、コンピュータはどこも損傷していないようだ……たぶん、個々の損害レポートがもう記憶装置にとどかなくなっていること以外は。

「どちらまで？」と、コンピュータ。「お客さま、旅の目的地を教えてください！」

「旅はおしまいだ！」わたしはそう応じ、背もたれの手動スイッチを押した。ハーネスがゆるみ、もとの位置にもどる。からだを支えて起きあがると、床がななめになっているのがわかった。ファジーの上にかがみこむ。ザイルに引っかかったまま、目をつぶっている。頸の骨でも折れたか。すくなくとも意識はないようだ。

「おい、ファジー！」そっと肩に触れてみた。

反応がない。

「ボニファジオ・スラッチ、起きろ！」

やはり反応なし。わたしはかれの額を軽くつつき、こういった。

「副官スラッチ、応答せよ！」

こんどは目が開いた。おそるおそる周囲を見まわし、にやりとすると、

「どうやらだれも監視してなかったようですね、ブリー！」

ファジーはハーネスをはずし、よろめきながら立ちあがった。ふたりしてグライダーの残骸から脱出。たった一本の着陸支柱で立っている球型船の下に入り、身を守る。

「宇宙船が爆発したにちがいない」と、わたし。「サイレンは聞こえたか？　エスタル

トゥの地ではふつう、どういう具合に警報が発令されるかわかるか？」

ヴィランによれば、いまのところ有害な放射作用はない。あっても防御バリアで吸収できる。それにしても、ファジーの見た目はひどいものだった。

「わかりません。大騒ぎになっている。どうやら、宇宙港の連中もなにが起きたか正確には知らないようですよ。おや、あれは！」

転子《ころ》状船の支柱のあいだを縫って、地上車が一台こちらへやってきた。われわれのグライダーの墜落を目撃したらしい。フロントに窓がひとつあるだけの装甲車輛だ。マグネット装備からもうもうと煙を出しながら、そばにとまる。ドアが開き、頸のないずんぐりした姿があらわれた。シャバレ人だ。

「さ、乗って！」と、小声でいい、われわれのほうを見た。顔じゅうに明るいグリーンの毛がふさふさと生えている。プラスティック製の平たいヘルメットをかぶり、前方に突きでた口は吻のようだ。

われわれが乗りこむと、車輛は大急ぎで危険地帯をあとにした。

「もう一機グライダーが飛びたったのだが、どうなっただろうか？」と、訊いてみた。

「大丈夫、飛行をつづけている！　宇宙港管理局を見張っていてよかった。おかげでわれわれ、あなたの到着をちょうど知ることができたのだ、トシン＝ブル」

わたしは相手をじっと見つめた。シャバレ人はエレンディラ銀河のヒューマノイド種族で、銀河中枢部にあるプラアク星系の第四惑星オスクロートが故郷だ。とはいえ、ほとんどのシャバレ人は母星について話でしか聞いたことがなく、ひと目オスクロートを見て死にたいというのが夢らしい。かれらは宇宙遊民、自由掠奪者、宙賊あるいは宇宙盗賊などと呼ばれ、永遠の戦士カルマーの支配下にある。〝私掠許可証〟を持つ者も多く、決められた惑星で掠奪行為に出たり、異種族の宇宙船を襲撃したりしていいとされていた。このシャバレ人はそれと関係ないようだが……そうでもないのか？　がらすきの待機軌道と、ボンファイアにシャバレ人がいることとは、なにか関係があるのだろうか？

用心するにこしたことはない。

「だれのことだね？」と、応じる。「きみとは初対面だが」

「ラウダーフェーンと呼んでいただきたい。〝操作者〟ラウダーフェーンと。あなたを護衛する任務を受けている！」

「ありがたいが、護衛はいらない。さっきの爆発はわたしと関係ないだろうし」

「それはそうだが、おかげでこうして早めにコンタクトできた。あなたを迎えようと、宇宙港にもふたつの都市にもわれわれの組織の者が大勢スタンバイしているのだ」

「われわれの組織、とは？」と、わたし。

いくつか頭に浮かんだことがあった。ライヴァル関係にあるふたつの地下組織がいまも存在するのは知っている。ひとつはヴィレーヤーで、アヤンネーの手下たちで構成され、ボンファイアで活動している。その任務は攪乱《かくらん》工作によって住民を恒久的葛藤へ駆りたてることと、トシンを追いつめること。もうひとつはポテアだ。戦士への肩入れを阻《はば》む独立主義者の集まりで、数年前からネットゥウォーカーと協力関係にある。

シャバレ人はがっしりした両腕を触手のように曲げると、両手を折りたたんで頸のところへ持っていった。そんな動きをする生物を、これまでにボンファイアで一度だけ見たことがある。そのことをまだ自分がおぼえていたのは不思議だが。

「なにがいいたいのかわからんな」と、わたし。「なんのまねだ？」

「ポテア」相手がささやく。「ハッチェルトクが、あなたによろしくとのこと！」

〈気をつけろ、罠だぞ！〉と、下意識が警告した。わたしは無理してなにげない顔をよそおい、

「なんのことだかさっぱり」

ラウダーフェーンはうなり声をあげる。

「まったく、面倒なお人だ」そこにはまぎれもない非難の響きがあった。「前にヴォルカイルがあなたをこの惑星に連れてきて座標をわたし、そこに行けばあなたの友であるネットゥウォーカーに会えると伝えたはず。おぼえているかね？」

わたしは安堵の息をついた。実際、それほど細部まで知っているのはポテアのメンバ

ーだけだから。とはいえ、完全に信用したわけではない。アヤンネーの手の者がどんなやり方でこうした情報を手に入れるか、わかったものじゃないのだ。

「いいだろう」と、ようやくいう。「どうしても護衛したいなら、好きにしてくれ」

「やめてくださいよ！」ファジーがいきりたった。「もう手を引いて、船にもどりましょう。こんなとんでもない惑星、あと一秒だっていたくありません！」

＊

ホテル〝七つの目〟は海岸近くにある。五平方キロメートルほどの敷地に数十棟の建物がならんでいた。いずれも別々の建築家が手がけたものらしく、すべてスタイルが異なる。

ここはボンファイアで最古のホテルだが、宿泊棟にも手入れのいきとどいた庭園や芝生にも、そんな感じは見あたらない。空から見ると、どこまでも枝分かれしてつづく細かなモザイク画のようだ。〝七つの目〟という名がついたのは、半球形の頭蓋と七つの目を持つといわれたヒジャゾ種族がもともとのオーナーだったためらしい。

一連絡道のところで車輛がとまり、われわれは降りた。そこから搬送ベルトがホテル複合施設の受付入口、つまり中央フロントに通じている。どの宿泊棟にもそれぞれロボット受付があるのだが、正当なやり方で手続きするのがいいとラウダーフェーンはいっていた。

赤いマークがついた搬送ベルトを進み、ホテル複合施設のなかに入っていく。周囲を見わたすことはしない。人目につく行動は厳につつしむよう、シャバレ人に忠告されたから。

そのとおりだ。だいじなのは、目的を達すること。

ペリーはどうしただろう。わたしのメッセージを受けとっただろうか？　きっと受けとったはず。あれから時間は充分あったのだし、ネットウォーカーが情報ノードを定期的に照会することはわかっている。友はきっと、すでに到着したにちがいない。

防護服の左袖にあるクロノグラフを見た。

テラ標準の船内時間ではNGZ四四五年十二月四日だ。プシオン・ネットを出て、ボンファイアまであと半光秒の距離と知ったとき、疑問に思ったもの。わたしのことをおぼえている者が、だれかまだ〝七つの目〟にいるだろうか、と。

だが、うれしい驚きを味わうことになった。われわれのことや前回の訪問についておぼえていたのは、ラウダーフェーンだけじゃないとわかったのだ。

搬送ベルトに二十分ほど乗って、ホテルの大きなロビーに到着し、ロボットデスクに向かった。ご用はなにかとロボットが訊いてくる。

ホテルの部屋をふたつ押さえた。隣り合った部屋で、室内ドアで行き来できるようになっている。フェダの現金払いにした。

「まだ着陸料金をいただいてないようですが」こちらのデータを入力したのち、ロボットがいう。それも支払うと、相手はつづけて、「無料のウェルカムドリンクをご用意しました。リピーターのお客さまへ、ホテルからの特別サービスです！」

ブルーの光点に導かれてもよりの反重力リフトへ向かい、部屋がある四十四階まで行く。ドアの前にくると、光点は消えた。施錠システムが自動的に解除される。われわれはポジトロン・キイを受けとり、室内に足を踏み入れた。

スイートルームは……これほどの大きさにたんなる〝隣り合った部屋〟という言葉はそぐわない……どちらも二百平方メートル以上ありそうだ。大きなリビング、寝室、バスルーム、ロボットキッチン、レジャールームまでそなわっている。かつてファジーはこの手のスイートに一日あたり五十五フェダを支払ったが、今回の宿泊代は七十五フェダだ。インフレを考慮して十五年間の物価上昇率を計算したら、とても見合う額ではない。標準を下まわっている。決定的なのは、戦士集団や恒久的葛藤の枠組みのなかで、ボンファイアが例外的な状況にあること。ボンファイアは自由をもとめる者が共同生活をする場であり、政府はそのための決まりごとを尊重するよう心がけている。だから、野放図に利益を追求することなどできないのだ。

調度や設備をすこし見てまわったあと、ふたりでわたしのリビングにおちついた。ファジーは防護服の継ぎ当てにアイロンをかけ、フェルト帽をエアシートの上に置く。

ドア・ポジトロニクスが一ロボットの来訪を告げ、ロボットが清涼飲料の入ったグラスをふたつ持ってきた。テラナー型ヒューマノイドのメタボリズムに合わせて調合されており、さわやかな味で元気が出る。われわれが飲み干したのを見とどけて、ロボットは去っていった。

「問い合わせてみたらどうでしょう」と、ファジーがいう。「ひょっとしたら、もう着いてるかも……」

わたしはあわててかれに目くばせして黙らせ、天気の話でもしていてくれと合図を送った。それから立ちあがり、リビングとほかの部屋をすべて徹底的に調べる。ハッチェルトクは以前、わたしに向けて巧みにマイクロ・スパイを送りだしたもの。おかげでこちらの一挙一動をかれに知られたのだった。

スイート内に小型盗聴器はしかけられていない。ファジーの部屋も結果はネガティヴ。しかし、とうとう見つけた。わたしが使ったグラスの底で濃い赤色の液体にまぎれて、マイクロ・スパイがこちらのようすをうかがっている。キッチンからちいさなマグネット・スプーンを持ってきてとりだしたが、磁石の作用が悪かったのか、マイクロ・スパイはかすかな煙とともに溶けてちっぽけな金属塊になってしまった。これではどうしようもないと思い、コンヴァーターに捨てる。

ファジーのところへもどって腰かけた。かれとわたしの周囲には、ヴィランの妨害フィールドが張りめぐらされている。万一、指向性マイクロフォンがあった場合、それを使えなくするためだ。これでじゃまされずに話ができる。

「いちばん手っ取り早いのは、中央データバンクに問い合わせてペリー・ローダンという者がここで降りたか訊くことなんだが」と、わたし。「だれかが手ぐすね引いてその名前をマークしているかもしれん。べつの方法を探さないと！」

「どうもいやな予感がします」ファジーが応じた。「早いとこおさらばしましょうよ。ローダンにはどこかで会えますって。待機軌道で、あるいは、いつかみたいに惑星アクアマリンで。もうわたしを巻きこまないでください！」

「またか！」わたしはテーブルにこぶしを打ちつけた。怒りで顔が赤くなるのがわかる。「頭が働いているのか？　きみはいつだって、びくびくするばかりだ！　だれかに脅されているのか？　あるいは、われわれがいま、生命の危機にあるとでも？」

「エスタルトゥにいるあいだ、ずっとそんな感じです」ファジーはそういうと、「あそこにコンピュータ端末がありますよ。ここの宿泊者名簿を呼びだしたらどうでしょう。中央データバンクに問い合わせなくても、だいたいのことはわかるはず。名簿を見るだけなら、だれの名前を探しているのか知られることもありません」

わたしはこの小男の首っ玉に抱きつきたくなった。そんなこと、自分では思いつきもしなかったから。怒りはたちまち消えた。妨害フィールドを無効にするようヴィランに指示すると、端末へと歩みより、宿泊者名簿を呼びだす。ファジーも隣りにきて、スクリーンに表示されたリストをふたりで調べていった。だがペリー・ローダンの名前はもちろん、ゲシール、グッキー、イホ・トロト、アトランなど、目につきやすい偽名も見あたらない。

もう一度、今度は一般的なテラナーの名前を照会したが、やはりなかった。バルディオクやパン＝タウ＝ラといった重要タームも探したものの、成果なし。一時間近く調べたのち、ペリーはまだボンファイアにきていないのだという結論に達した。

とはいうものの、信じられない。わたしは問題解決の糸口を見つけようと、必死に頭を悩ませた。

こうなったら、のこる方法はただひとつ。ポテアにコンタクトし、ハッチェルトクと話すのだ。

しかし、いうのはかんたんだが、どうやるか。

ポテアの司令本部がいまも当時の場所にあるとは考えられなかった。まさか散歩がてら訪ねていってドアをノックするようなわけにもいくまい。結局のところ、わたしは部外者なのだから。

ラウダーフェーンはどうだ？　まだ近くにいるのだろうか？

端末画面に時刻を問い合わせると、夜がくるまでまだ五時間あった。事実上、ボンファイアには夕暮れ時というものがない。雲のうしろで恒星が地平線に沈むと暗くはなるが、多くの光源がある町は昼の明るさのままだ。ただ、建物や道路に降りそそぐ光は赤ではなく、黄白色になる。人間の目には心地よい色だ。プラスティック・ベトンに反射する赤いぎらつきは刺激が強く、知らないうちに神経がまいってしまう。

われわれは行動することに決めた。この部屋に引きこもっているかぎり、なにも得られず、だれともコンタクトできない。スイートルームを出て、ポジトロン・キイで施錠する。だれかが部屋に入ったら、かならずシュプールがのこるだろう。

チェックインした場所に行き、ロビーや談話室をゆっくりと歩きまわる。ペリーもシャバレ人も見あたらない。われわれは〝七つの目〟をあとにして、エスタルトゥ噴水へ向かった。噴水は観光地の中心部にあり、まわりには商店や娯楽施設が建ちならぶ。そのいずれも、二十世紀のテラで見られた工場ほどの大きさだ。まったくボンファイアにはないものがない。

ファジーもわたしもけっして、のんきに歩きはしなかった。あらゆるものに注意をはらい、ヴィレーヤーに捕まらないよう、買い物客で混雑する道ではとりわけ用心しながら進む。最初にエルスクルスへきたとき、すでにヴィレーヤーはわたしを危険人物とみなして追跡したのだ。いまも存在する組織がその見方を変えたとは思えない。

噴水の近くまできた。水が数段に分かれて噴出し、最上段では周囲の建物の屋根にとどくほど高く噴きあがっている。落ちてきた水を受けとめる池……池でなく〝地帯〟といったほうがいいかもしれない……は直径三十メートルにもおよぶ大きさだ。黒い水が轟音《ごうおん》とともに上から落ちてくるが、周囲にエネルギー・バリアがあるので歩行者が濡れることはない。わずかにちくちくするバリアをわざと突っ切って、黒い水に身をさらしている者もいる。

「どこからくるんでしょう？」と、ファジー。水のことをいっているのだ。わたしは肩をすくめ、歩いてきたほうを振り向いた。そのとき、二名のソム人とぶつかりそうになる。一瞬、警戒した。どうもボンファイアにソム人が多くいすぎる気がする。紋章の門があるシオム・ソム銀河においてなら、かれらはイジャルコルの側近として法典守護者や法典顧問の役職をつとめ、永遠の戦士にもっとも近い種族なわけだが。

ソム人二名はこちらの反応に気づいたらしく、動きをとめた。すでに長い時間、われわれを尾行していたにちがいない。鳥型種族が身につける白いコンビネーションは背中だけが黒くなっていて、まるでペンギンみたいだ。そう思うと笑いたくなるが、むろん笑っている場合ではない。

「トシン＝ブル！」左にいるソム人が小声でいった。「消息を知らせてこなかったな。あなたも知ってのとおり、特権を剥奪された者は戦士の輜重隊メンバーに対し、あらゆる敬意をもって協力しなければならない。任務によっては死をも辞することなく」

「知っている」

わたしがそう応じたとたん、額の赤い印が熱くなるのがわかった。まるで、燃える鉄のようだ。思わず歯のあいだから息を吐きだす。どういうことだ？　このソム人たち、こんなやり方でわたしの責任を問うつもりか？　イジャルコルがまだ怒っているのだろうか？

「やめてくれ」と、額の印をさししめした。ところが、触れてみると冷たい。それでも熱い感覚はまだある。ソム人二名はわずかにためらったものの、こちらのいいたいことはわかったらしい。つまり、かれらはトシンの印とは無関係で、これに影響をおよぼすこともできないわけだ。

「われわれの指示にしたがってもらおう！」二名が口をそろえていった。

「なにを……しろと？」

「ペリー・ローダンという名の生物がエルスクルスにやってきた。あなたの同胞だろう。かれを探しだしてコンタクトしたのち、自分は安全だと思わせるのだ」

「その、ペ……いや、ローダンとやらをどうする気だ？」

「質問はやめて、いわれたとおりにしろ。また三日後にくる。それまでに、せめてそのゴリムがどこにかくれているか、見つけておくように！」

わたしは頭を殴られたような気分だった。自分のほうが早く着きすぎたと思いこみ、友はまだきていないと考えていたのだ。ところが、このソム人によれば、ペリーはすでに到着し、しかもかくれているという。ハッチェルトクはこれを知っているのか？

「さ、行け。あなたの助手もいっしょに捜索を開始しろ。公的機関を利用して探すといい。それでだめなら、保安省の相談役大臣に問い合わせるのだ。かれはふだん表に出ないが、ほかの政府関係者みたいに、法典を敵視する輩《やから》を個人的に支援したりはしない」

「相談役大臣はどこにいるのだ？」

「モバラにきまっている。名前はハッチェルトクだ。ヴィレーヤーがかれに感謝の意をしめすこともあるだろう！」

ソム人二名は踵を返した。そうしたのは、かれらがテラナーのしぐさをよく知らなかったからとしか思えない。こちらは驚きのあまり茫然としていたのだから。

わたしはかたまったまま、かれらを見送った。唇が震える。まともな言葉は出てきそうもない。

ハッチェルトクが、政府保安省の相談役大臣だとは！

おまけにさっきのいい方だと、なぜかあのソム人二名はヴィレーヤーのメンバーではないように聞こえた。かれらはだれの意向で動いているのか？　ヴィレーヤーを監督する目的でここにきたのだろうか？

わたしは歩きだそうとして、よろめいた。ファジーがあわてて横にきて、腕を支えてくれる。

「なんてこった！」かれは小声で、「これでわかったでしょう、チーフ？　やっぱり思ったとおり、この世界は袋小路だらけだ。自分が二度とテラのふところにもどらないと決めた日を呪いたい気分ですよ！」

「泣き言はもういい」と、わたし。「これできみには、急いでここから逃げ去る格好の理由ができたわけだな！」

ファジーはぷいとそっぽを向いたが、ふたたびこちらを見たとき、その顔にはゆがんだ笑みがあった。

わたしの言葉がこたえたらしい。〝七つの目〟にもどるまでのあいだ、ファジーはいっさい口をきかなかった。

＊

スイートルームのドアが無理にこじ開けられている。その侵入者はシュプールを消す努力をまったくすることなく、リビングのなかでこちらを待ち受けていた。

「アブサンタ＝シャドには固有の種族がいないという話だが、イジャルコルが侵略でもやらかしたのか？」ボニファジオ・スラッチがはげしい口調で詰問する。

相手の生物は威厳あるしぐさでわれわれの前に立った。樽形の胴体に太くみじかい両脚、関節のない触手のような腕が六対。身長は一メートルをすこし超える。触腕の先端はセンサーの束になっており、人間とくらべてはるかに手先は器用だ。かさぶた様の皮膚が赤く輝いている。胴体は伸ばすことのできるテレスコープ状の頸につながっていて、頸の上には唇のないスリットロがある卵形の頭部。その頭部を、色とりどりの球根みたいなものが房状におおっていた。感覚器である。なかでもっとも重要なのは、頸と胴体の境目をとりまく、無数の膜を持つ腕の太さのリング……発話および歌うための器官だ。いわば、生体シンセサイザーといったところか。

ファジーの無遠慮な発言は、明らかに理由があってのことだ。相手は単独だし、武装もしていないから。まぎれもなく、惑星マルダカアンの主要種族オファラーである。

「ラウダーフェーンにいわれてやってきた」オファラーはフルートの音色で応じた。「そちらはこれまで、わたしの存在に気づかなかったようだな。ここへくる途中、だれか接触してきたか？」

わたしはもう、なにもかもどうでもよくなっていた。これほど状況が見通せないなら、目標はひとつしかない。可及的すみやかにモバラへ行き、ハッチェルトクに会うのだ。

ソム人二名にあとをつけられたことを、オファラーに告げた。かれの発話膜からごろごろと音がして、低いうなり声のようなものが漏れる。

ソム人たちの行動に憤《いきどお》りを感じているらしく、

「あなたがたはホテルのなかでも監視されているということ」聞きとりにくい声でいった。「どこにいても多くの目がある。一挙手一投足が記録されているのだ」

「ヴィレーヤーだな。かれら、あらゆる場所にいるから！」と、わたし。

「それもひとつの問題だが、ヴィレーヤーだけではない。ほかにも、把握できていないいくつかの勢力が動いている。あなたがたの同胞も外にいて、このホテルに滞在中だ」

ストロンカー・キーンとラヴォリーのことにちがいない。つまり、ふたりもいつのまにか目的地に到着していたわけだ。

「かれら、どこにいる？　どの部屋かわかるか？」

「わたしはそこにあなたがたを連れていくよう、指令を受けた。そのためだけにきたのだ！」

どこか腑に落ちないものがある。つじつまが合わない。だが、この瞬間はそこに気づけなかった。多くの情報が一度に押しよせたため、頭がいっぱいになっていたのだ。われわれはオファラーについて部屋を出た。かれは向かい側に進んでいき、ある壁の前で立ちどまると、コード発信機のような装置をいじった。すると、壁の一部が内側に引っこんで横にスライドし、反重力シャフトがあらわれた。オファラーの指示で、それを使って下降する。着いた場所は惑星地下にある丸天井の空間だ。いま使った秘密の入口はすでに閉じられ、ホテルのなかでこちらの行動に気づいた者はいない。丸天井空間の奥になにがあるのか、わたしには予想がついた。

「転送機だな。どこへ連れていく気だ？」

「ラウダーフェーンのところへ」と、オファラー。「それから、ハッチェルトクのところへ！」

わたしはためらった。ファジーはすぐうしろにいるが、なにもいわない。

「きみを信用していいのだろうか？」と、わたし。

その答えは、丸天井空間の奥からきた。ただならぬ動きを察知し、わたしは床に伏せようとしたが、拘束フィールドにファジーとともにつつまれ、動けなくなる。

もうおしまいだ！　罠に落ちてしまった。それにしても、だれに捕まったのか？　ヴィレーヤーか？　ソム人はどうなのだ？

「この映像を外の公園に向けて投影しろ」オファラーのメロディアスな声が高く響きわたる。かれは満足げにこうつづけた。「そうすれば、かれらが自分たちの同胞に誘拐されたように見えるはず！」

上方に影があらわれ、飛翔カメラが音もなく作動しはじめたのがわかる。しばらくしてカメラが消えると、オファラーは拘束フィールドを発生させているロボット二体に合図を送り、

「転送機に入ってもらおう」と、低くいった。われわれは高く持ちあげられ、きらめくフィールドのなかに牽引されていく。それから、まわりが明るくなった。煌々《こうこう》と照明されたーホールに着いたのだ。同時に拘束フィールドが消滅。わたしは両手でからだを支えてわきに転がった。隣りでファジーが大声で悪態をつく。

このときようやく、自分がなにをおかしいと感じていたのかわかった。オファラーがわたしのスイートに侵入しながら、シュプールを消そうとしなかったことである。かれは意図的にそうしたのだ。われわれが誘拐されたように見せかけるために。

消滅していく転送フィールドを、わたしはまばたきしながら見つめた。ロボットもオファラーもついてきていない。そのかわりに転送機の陰からあらわれたのは、われわれがよく知る者の姿だった。

「ラウダーフェーン！」と、思わず口から出る。「これはいったい、どうなっているんだ？」

シャバレ人は呵々大笑《かかたいしょう》すると、近くにくるよう合図して、

「どこにいても多くの目がある。そうグーレシャドがいわなかったか？　われわれ、各勢力の頭をおおいに悩ませるため、この誘拐騒動を演出したのだ。ついてきてもらいたい！」

「グーレシャドというのは、あのオファラーだな？」

「そのとおり。かれはあなたがたのために命を賭《と》したのだ。たとえヴィレーヤーがグーレシャドを捕まえたとしても、かれがマルダカアンからやってきたことには口を出せまい!」

じきに判明したのだが、われわれがいる場所は、ひろくて入り組んだ建物のなかだった。いくつかの階層を通りすぎ、最後はある通廊にたどりつく。突きあたりにエネルギー・バリアがきらめいていて、その奥にドアがひとつあった。

「わたしが真実をいっていたのだと、いずれわかる」ラウダーフェーンはそういった。バリアが消滅し、ドアへの道が開ける。

わたしはしばし躊躇《ちゅうちょ》したが、思いきって右の手のひらをコンタクト・プレートに押しつけた。ドアがスライドして開く。

「ようこそ、トシン＝ブルにファジー・スラッチ!」という声に迎えられた。透明カバーで全面が内張りされたオフィスに、相手はただひとり。キュリマンを外見で区別するのはわたしにはむずかしいが、その声はおぼえている。

「ハッチェルトク!」と、わたし。心の重石がとれたような気がした。

3 巧妙な手口

ペリー・ローダンにはこの町の勝手がわからなかった。大都市だからというわけではなく、方位確認するのがきわめて困難な状況なのだ。徒歩で進んでいる道が、つねに位置を変える。町はひどく入り組んでいた。いままで歩いていた平面から、いきなり三十メートルほど上の階層にある道に出たりする。あたりは相《あ》いかわらず昼間の明るさなのに、グリーンやブルーのライトがともっていた。

キヴァは活気にあふれた町だ。宇宙船数十万隻が軌道に待機して、この歓楽街に旅行者が押しよせたら、いったいどうなることか。大混乱になるだろう。

ローダンはひそかに何度もあたりを見まわした。店のショーウインドウにくるたび、それをくりかえす。これまで尾行者を発見してはいないが、監視されているのはわかっていた。

この状況でまっすぐ目的地をめざしたり、レジナルド・ブルに連絡を入れたりするのは、愚の骨頂だろう。そんなことをすれば、なにもかもだいなしだ。というわけで、単独行動のまま、いつかポテアがこちらに気づくのを待つことにする。

気がつけば、博物館がならぶ通りにきていた。どの建物もそれぞれ異なる内容を展示している。ローダンは惑星エルスクルスの歴史が見られる施設に入ってみようと思い、ドアに向かった。消毒処置をされたあと、壁のところで入場料を支払う。その後、壁が透明になって消滅したので驚いた。永遠の戦士の支配がおよぶ地には高度技術が存在するのだと思い、納得する。

どこからか、しずかな音声ガイドが聞こえてきた。その案内にしたがい、左に進んで一ホールに入る。そこでは原始の風景がくりひろげられていた。淀んだ沼がいくつかあり、そのあいだで真っ赤な溶岩があちこちに噴きあがっている。溶岩は見物用の細いレーンにまで押しよせたと思うと、すぐにその場で消える。

入口のところから見ると、ホール全体の規模はだいたい百メートル四方だった。ところが、客を原始世界に案内するレーンに足を踏み入れたとたん、視点が変化するのを感じた。かぎりあるはずの空間がひろがったのだ。四、五歩も行くと、ローダンは地平線いっぱいに沼がひろがる世界のどまんなかにいた。

息づまるようなグレイの空から雷鳴が響きわたり、空気は饐《す》えたにおいがする。この地表のようすからしたら、すこし明るすぎるとローダンは思った。これが実際にエルスクルの黎明期のモデルならば、ぶあつい雲を通してこれほどの光が射してくるはずはない。

かれは案内にしたがって先に進んだ。すぐそばで、ぬかるんだ沼のなかから恐竜に似た一トカゲ生物が頭をもたげ、大口を開けて咆哮《ほうこう》する。骨身にこたえる恐ろしさだ。大トカゲは猛スピードで沼から出ると、頭をローダンに向けて襲いかかってきた。かれは本能的にわきによけ、そのはずみで転びそうになる。体勢を立てなおすあいだに、まったくばかな反応をしたと気づいた。大トカゲがこちらのからだを〝通りぬけて〟、見物レーンの反対側にある池に姿を消したのだ。

すべて、ただのプロジェクションということ。最初からわかっていたはずだった。それでも、この景色があまりにリアルなので、反射神経のなすままに動いてしまった。

歩みを速めて先へ進む。熱水を噴きあげる間欠泉の近くにきたが、そのまま通りすぎても触れることはない。溶岩だまりから爆発的にマグマが噴出していた。赤熱《せきねつ》した塊りが地面に落ち、わずかな植生が溶岩にやられてどろどろになる。それでも見物客に被害はおよばない。

山が誕生した。蒸気をあげる沼のまんなかに、巨大な岩山がそびえていく。そのプロセスは、すくなくとも視覚的な面ではこよなくリアルだった。見物レーンまでが小刻みに揺れたほどだ。それでも何度か、プロジェクションがすこしゆがんで見えることがあった。温度の異なる空気層が重なったせいで山の景色がぼやけたかのように。それから突然、岩山が動きをとめた。岩に亀裂が生じて中央で割れ、険しい峰がふたつになっていく。

山が産みの苦しみを味わっているということ。

このときローダンは反射神経をオフにしていたため、反応が遅れた。足もとで軽い衝撃があったのに、気づかなかったのだ。見物レーンでなにかが起きている。

「攻撃されました！」ネット・コンビネーションが報告し、バリアを展開。ローダンはいきなり熱波につつまれていた。これはプロジェクションなんかじゃない。ほんものだ。

さすがにこの瞬間、危険が迫っていると気づいた。たんに尾行されているだけでなく、命を狙われている。相手がヴィレーヤーだろうとほかの組織だろうと、それはどうでもいい。

即座にその場をはなれた。

原始風景のモデルのなか、ふたたびエネルギー・ビームがはしる。こんどもローダンはその射程内にいた。目を細めてあたりをうかがうが、悪意の狙撃手を目撃することはできない。

「ポジション確認！」と、ささやく。ネット・コンビネーションが方位探知し、ほぼ三十メートル範囲に防御バリアを張った。

ローダンは考えをめぐらせた。未知の敵は自分がくるのを知っていて待ち伏せ、すばやく反応したのだ。この狙いすました行動は、相手がこちらの情報を持っていたことを示唆《しさ》する。そのだれかがネットウォーカーという自分の立場を知っていると想像すると、気分が悪くなった。

ドクレドか、あるいはナック種族か？

ローダンはリスクを冒すことにした。見物レーンのはしに行き、そこからはなれる。たちまち空中を浮遊するような感覚があったが、やがて足もとにかたい床を感じる。かれは目の前にある池のほうへ数歩踏みだした。

そのとたん、周囲のプロジェクションが色あせていく。決められたレーンを進む見物客だけに見えるものだから。

もともとのホールのようすが見えてきた。ドーム形物体や箱や機械、先の尖ったプロジェクション投影用タワーなどが、ところせましと置かれている。そのあいだに、明るくマーキングされた見物レーンがあった。

またもやエネルギー・ビームがはしる。狙撃手はずっと奥のほうにいて、タワーのひとつを掩体《えんたい》にとっていた。

「出てこい！」ローダンはソタルク語で叫んだ。「姿を見せろ。だれが尾行しているのか、こちらには知る権利がある！」

その答えは攻撃だった。ビームが近くの床に当たり、床材を溶かす。このままでは直接ローダンを狙うことはできないとわかったらしく、攻撃者は場所を移動した。ローダンは駆けだし、途中まで走ったところで急に方向を変えた。敵はさっと振り向き、こちらのようすをうかがっている。だがそのときローダンは、一ドーム形物体の陰にかくれていた。

そこから、敵の姿をいくらかはっきり見ることができる。かれは用心深く匍匐《ほふく》前進し、すこしずつ相手の背後に忍びよっていった。攻撃者のほうは、まだローダンがいると思いこんでいる方向に目を光らせている。

ローダンはからだを起こし、一歩ずつ近づいていくと、相手の上に身をかがめた。ネット・コンビネーションがわずかのあいだ防御バリアをオフにした隙に、敵の肩ごしにブラスターをもぎとる。ほぼ同時に、ふたたび防御バリアを展開。

相手があわてて振り向く。人間より大型で、疑いようのない特徴を持つ生物だ。ナガト人である。

「おあいにくだな！」ローダンはブラスターで相手の頭部に狙いをつけた。ナガト人の姿を見て、なにか変だと感じるが、それがなんなのかわからない。この種族と直接コンタクトしたことはなかったので、なにがどうとはいえなかった。

「返せ！」攻撃者は脅すようなしぐさで近づいてきた。それでも、エネルギー・バリアからは慎重に距離をおいている。

「わたしの前に立って出口へ向かえ!」そういうテラナーの頭のなかで、ある計画ができあがっていた。敵から逃げつづける気は毛頭ない。まずは安全を確保するため、一計を案じなくては。

見物レーンを使い、ホールの出入口にもどる。ローダンは外を一瞥したのち、ブラスターをそっと床に置いた。武器がプロジェクションのすみに見えなくなると、ナガト人を建物の外まで追いたて、相手と同じリズムをたもって歩いていく。とうとうナガト人が振りかえったときには、ローダンはべつの階層につながる反重力シャフトに姿を消していた。次の出口でシャフトを降り、逃げ道を探す。ついに、ちいさな荷物用の小型転送機を発見。記録装置に入っている目的地をプログラミングした。転送フィールドに全身が入るためには、からだを縮めるしかない。数瞬のち、非実体化。転送機のスイッチが切れると、目的地データも消えた。

これでしばらくは追ってこられないだろう。

ローダンは周囲を見わたした。どうやら、送られた先は倉庫らしい。開いたドアがふたつあり、それぞれべつの部屋につづいている。箱や荷物用コンテナを掩体にとりつつ、別室のようすを探ってみた。ひとつは通信室で、もうひとつは技術指揮所のようだ。

通信室にはだれもいない。奥のほうに背の高い戸棚がふたつならんでいて、そのあいだにちょうど通れるくらいの隙間があいている。ここにかくれて機器のひとつを操作したら、交信内容を傍受できるだろう。この設備を定期的に使う者がいれば、それも観察できるかもしれない。

指揮所のほうは異なる種族の者が数名、出入りしていた。かくれ場に到達する前に、しばらくようすをうかがう。

「ゴリムに逃げられたとなれば、ハトゥアタノは機嫌を損ねるぞ」と、きつい口調の声が聞こえた。「ましてやハトゥアタニ自身が狩りにくわわっていて、おおいにチャンスがあったのだから」

「かまわん」べつの声がする。ソム人のようだ。「遠くに行くことはないさ。ゴリムが乗ってきた船は爆破されたから。それより考えるべきなのは、同種の生物がやってきたことだ。どう考えても、ここが待ち合わせ場所だな！」

「ポテアは沈黙しているが！」

「ポテアはいずれハトゥアタノがかたづける。そうなったら、のこるはわれわれヴィレーヤーだけ！」

瞬間切り替えスイッチを働かせなくても、ローダンにはすぐにわかった。自分はライオンの巣穴に飛びこんでしまったのだ。不安をおぼえると同時に、すこし安心もする。かれらがここを捜索することだけは、まずありえないだろう。

＊

エルスクルスの政治的状況は十五年前とさほど変化していなかった。政府は相いかわらず、一方では自由独立をうたいながら、他方では永遠の戦士アヤンネーの利益に沿って動いている。ポテアは最初のころ、法典の教えに背く惑星住民たちに共感してゆるやかな同盟を組んでいた。それが十五年前、エルファード人ヴォルカイルの積極的支援を得て、戦闘力はあるが戦争を忌避《きひ》する地下組織へと発展したのだ。その公然の敵がヴィレーヤーだった。時がたつにつれ、ポテアはしだいにアヤンネーの諜報員たちの行動を阻止することに成功していく。エルスクルスに逃れてきた法典の敵の多くは、ポテアがいまも永遠の戦士の虜囚になったりオルフェウス迷宮に軟禁されたりすることなく、自由の身であることに感謝するらしい。そうした者たちがみずから組織にくわわり、他者を庇護するのだそうだ。

「こうした状況では、忍耐がもっとも重要なことのひとつになる」と、ハッチェルトク。「われわれは自分たちのために時間を費《つい》やしてきた。けっして無為にすごしているわけではない！」

わたしはうなずいた。はじめてボンファイアを訪れた当時、このキュリマンは一介の保安省職員にすぎなかった。そこから努力して相談役大臣にまでのぼりつめたのだ。ポテアがその影響力を強めてきたのは、なによりもかれの存在に負うところが大きいだろう。それはまちがいない。

「ヴィールス船の一団がやってきたのはすぐに気づいた」ハッチェルトクがつづけた。「なにかがおかしいと感じたのだ。宇宙港で船が爆発したとき、疑念は確実になった。その機に乗じて、あなたがたに近づいたわけだ。爆破されたのはゲリオド人の船だったが、理由はわからない。とはいえ、偶然ではありえないだろう」

「安心できない話だな」ファジーが口をはさむ。「いちばんいいのは、われわれを自船にもどしてもらうこと！」

「現状では無理だ。あなたがたの誘拐犯になってもらった二名の安全は、グーレシャドがかなりがんばって確保した。ヴィレーヤーが気をそらされているこの隙に、あなたがたを山の砦に連れていく。そこなら安心できるだろう！」

「ひとつ誤解があるようだが、ハッチェルトク」わたしは一歩キュリマンに近づくと、「われわれがここにきたのは、かくれ場を探すためじゃない。ペリー・ローダンと待ち合わせしている。かれの名前は聞いたことがあるだろう。ネットウォーカーのひとりで、わたしの旧友だ。それをヴィレーヤーは知っているのかもしれん。われわれ、かれの出現を待っているのに、まだ姿を見せないのだ！」

相談役大臣は驚いたように黙りこんだ。高さがある脚の細いスツールによりかかり、三本脚のからだがくつろげる姿勢をとる。カリフラワー頭がかさかさと、ちいさな音をたてた。

「ペリー・ローダン？　名前は知っている。しかし、エルスクルスにいる気配はない。もしいるなら、われわれにはわかるはず。とはいえ……それももう確実ではないが！」

「なにか手ちがいがあったようだ。どうしたのだろう？」

「しばらく前から、われわれ以外にここで活動している者がいるのだ」キュリマンが打ち明けた。「特殊工作員の一グループがエルスクルスにやってきたというもっぱらの噂でな。ヴィレーヤーと緊密に協力しているはずなのだが、これまで姿を見たことはない。かれらは〝五段階の衆〟……ソタルク語で〝ハトゥアタノ〟と名乗り、個々のメンバーは〝ハトゥアタニ〟と呼ばれる。それぞれウパニシャドの異なる段階を修了した者たちなので、そう名乗っているらしい。ヴィレーヤーの場合と同じく、設立者は戦士グランジカル、イジャルコル、アヤンネーだ。ただ、うという任務が課されている」

「五段階の衆か。つまり、すくなくとも五名のメンバーがいるわけだ。もっとくわしい話を知っているか？」

「正確にはなにも。かれら、かくれ場に潜伏しているから。とはいえ、ナックが一名いるのはたしかなようだ。驚くにはあたらないが。ナック種族は他者のオーラを感知・記憶できる。したがって、ネットウォーカーの存在に気づいた可能性はあるな」

「かれのプシオン刻印でわかったんですよ！」ファジーが思わず割りこむ。「そうにきまっている」

わたしはおもむろにうなずいた。ハトゥアタノがペリーを捕まえるためにボンファイアにきたというのは、おおいに考えられる。だが、かれがネットウォーカーだと本当に知っているのだろうか？　本来なら、ありえない。ネットウォーカーとヴィーロ宙航士のほかに、それを知る者はいないはず。なにかべつの理由があるのだろう。もしかしたらハトゥアタノは、ボンファイアでならネットウォーカーのシュプールが見つかる可能性がいちばん高いと踏んだのかもしれない。つまり、この惑星でこれ以上のコンタクトを試みるのはまずいということ。

ペリーはどこにかくれたのか？

「そうなると、ペリーの失踪には五段階の衆が関わっていると考えられる」と、わたし。

「すでに罠にはまったか、みずから臭いと気づいて地下に潜ったか。きっと後者だ」

「なにが臭いのかね？」その声で、ラウダーフェーンの存在を思いだす。シャバレ人はずっとわたしの背後にいたのに、黙っているものだから忘れていた。わたしは慣用表現の説明をしてから、エスタルトゥ噴水での奇妙な体験について話した。あのときすでに、ソム人二名はヴィレーヤーのメンバーじゃないという印象を受けたのだった。二名はわたしにペリー・ローダンを探せと命じたもの。

「いかにもソム人らしいメンタリティだ」ハッチェルトクがきっぱりいう。「あなたはトシンだから、したがう義務がある。かれらにしてみれば、あなたが命令に背くとは予想もしていない。だが、あなたがかれらに逆らって同胞をかばう私欲なき人間だということは考えないだろう。かれらはローダンがあなたの親友だと知らない。あなたが自身と同じくらい友をだいじに思っていることなど、理解できまい」

「だったら、われわれもなにかできるはず、ハッチェルトク。こういうとき、ファジーはからきし役にたたん。きみとポテアだけがたよりだ。ペリーが両組織に捕まらずにかくれ場から出てこられるような方法を、どうにかして見つけないと」

「ハトゥアタノの司令本部を突きとめる必要がある。捏造《ねつぞう》したメッセージを送信しておびきだそう」ラウダーフェーンが提案した。これを聞けば、かれがポテアの幹部にもとめられる能力の持ち主であることがわかる。のちに知ったのだが、かれはハッチェルトクの代行として組織の指揮を引き継いでいたのだ。キュリマンは表に出ることができないから。政府関係者という立場上、地下組織との関係はけっして知られてはならない。ラウダーフェーンが唯一、ポテアと保安省相談役大臣を結びつける存在ということ。ほかの秘書たちや政策顧問らはハッチェルトクの考えを知るよしもない。

「かんたんな作戦ではないが、リスクをとるとしよう」キュリマンが告げる。「目下の情勢では見込み薄だ。だれかが衆人環視のなかで演技をするしかない。その者にとっては災難だが」

「そんなことまでするのか？」と、わたし。「いらぬリスクを冒してはならんぞ！」

「ハトゥアタノがエルスクルスにきてからというもの、われわれは六名の仲間を失ったのだ、ブリー。この流れはまだつづく。われわれ、半分も実態を知らない敵を相手にしているのだから！」

「で、リスクを冒すのはだれだ？」わたしはそう訊いて、問いかけるようにシャバレ人を見た。

「わたしではない」ラウダーフェーンがつぶやく。「ハッチェルトクがそうした任務をまかせるのは、自分の同胞だ」

「われわれの知っている者か？」

「いや」と、キュリマン。「かれはこの惑星にきてまだ半年にしかならない。だれがかれを見たって、走ることさえできないと思うだろう！」

＊

ハッチェルトクが壁の一面をスライドさせると、奥に個人用転送機があった。かれだけが知る特殊コードを使って、わたしとファジーをかくれ場のひとつに送りだす。ラウダーフェーンもいっしょだ。その転送先では、シャワーを浴びて着衣をととのえることができた。

応接間にもどってみると、シャバレ人の姿はなく、テラナーの好みに合わせた食事が用意されていた。われわれは料理に舌鼓を打つ。ここ数時間ではじめて、ファジーの顔から緊張感が消えた。

「つまり、ペリーはここにきていたのですな」ファジーが曖昧《あいまい》な過去形でいう。「思ったとおりです。しかし、まだ生きているんでしょうか？」

「縁起でもないことをいうな！」

「いいたいこともいえないんですか？」ファジーはいきりたった。「わたしはずっと、ここからおさらばしたいといいつづけているのに、聞いてもらえないんですよ！」

「ラッキーだと思え。宇宙服なしであてどなくジャンプして、どこか虚空にたどりついたかもしれなかったぞ。そうなれば、きみがテレポーテーションしようと思ったって役にはたたんな」

グリーンと赤の、ピーマンに似ているが甘い味の食べ物を、ファジーはせっせとすくって頬張った。テーブルマナーがひどい。はあはあ息をはずませ、まるでセイウチみたいだ。そのときラウダーフェーンが入ってきて、食事は中断させられた。

「ついてきてくれ。これから調整作業に入る」と、シャバレ人。「食事はぜんぶたいらげるように。ここにもどってこられるかどうか、わからないので」

「どうして？」ファジーはそう訊くと、頬張ったものをごくんとのみこみ、のこった料理を口いっぱいに詰めこんだ。

「敵が転送先を突きとめたら、すぐにここを去らなければならない。数分を争う問題なのだ！」

かれに連れていかれたのは、べつの小部屋だった。天井から床まで技術機器で埋めつくされ、それらのあいだには無数のケーブルがところせましと伸びていて、足の踏み場もない。このごたごたのまんなかに、一名用転送機が一基あった。エネルギー供給路がまったく見あたらないが、そもそも作動するのだろうか。

一構造物の背面に、小型スクリーンが二ダースほど設置されていた。映像がうつっているものも多いが、数台は画面がちらちらしている。キュリマン数名とほかの種族の者たちがコンソールの前にすわっていた。

「キヴァとモバラの両都市にいくつか偽装リレーをしこんでおいた。そこを経由したメッセージを、送信元が割りだされるまで発信することができるのだ。たいていはうまくいく。敵が送信元を発見する前にリレーは自動的に消去されるから、あとにはなにものこらない」

スクリーンには両都市のさまざまな場所にあるホールや部屋がうつしだされていた。

そのひと部屋には窓があって、そこから宇宙港の一部が見える。管理局ビル内の一室にちがいない。シャバレ人がこれらのスクリーンをさしめし、

「われわれ、この部屋から着陸床への攻撃をくわだてたのだ」と、いった。「最初からあなたがたをただちに安全な場所に連れていくという計画だったが、例の爆発のおかげで、ことが容易になった。救助隊の一車輛にポテアのメンバーが乗りこんでいるとは、だれも気づかなかっただろう」

捏造メッセージの発信がはじまった。ポテアがどんなやり方で五段階の衆をかくれ場からおびきだすつもりなのか、予想もつかない。最初は次のような、まったくなにげない通信が送られた。

「一キュリマンから同胞へ。そっちへは行けない。いま、近くにヴィールスがいるから！」

次に、ヴィーロ宙航士の指紋がついたフェダ硬貨がどこかで見つかったというメッセージが流れる。

これらふたつの通信内容はまったく結びつかない。ラウダーフェーンによれば、ひとつはキヴァ、もうひとつはモバラから発信されたもので、すぐに同じカテゴリーに分類されることはないという。ふたつのまったく異なるメッセージに見えるはずだ。

それからしばらくはなにも起きなかった。だが一時間ほどすると、公式チャンネルの

ひとつで、観光地の売店にゴリムがひとりあらわれたというニュースが流れる。かくれていたところ、店員が捕まえようとしたら、いなくなったらしい。

そのあとすぐ、目撃情報をまとめたニュース中継が入ってきた。目撃者は全員、なんだかわからないものを見たと主張している。どうやら店員たちもいなくなったようだ。そこへ、店内の映像がフェードインでうつしだされた。ロボット架台やテーブルが見える。そのなかで場違いな制服姿の者が数名、客のあいだを動きまわっている。

「あそこを！」突然、ラウダーフェーンがいった。画面にうつっているのは一名のキュリマンだ。押し合う者たちのなか、もたもたと車椅子らしき歩行補助具を進めていく。車椅子の四隅で他者に注意をうながす光が点滅し、サイレンも何度か聞こえた。ラウダーフェーンはいった。「あれは車椅子のサイレンだ。映像を流しつづけろ！」

車椅子は客のからだの陰に見えなくなり、またあらわれた。こんどは画面の左はしにうつっている。

「かれは足なえのシェドックだが」と、シャバレ人。「いったいどうした？　とんでもないミスをおかしているぞ！」

ファジーとわたしはわけがわからず、ラウダーフェーンの説明を待った。かれは興奮のあまり、文字どおりわれを忘れているようだ。

「シェドックのやつ、店の出口に向かっている。そんなことをしてはならないのに！」

シャバレ人は吐き捨てるようにいい、周囲を見まわした。あのキュリマンになんとか連絡をとろうとしているようだ。

「かれ、みずから疑われるようなことをしているのだな」と、わたし。「だが、車椅子の者にはだれも気をとめないだろう」

「いや、それでも！　もっと奥のほう、技術品が置いてあるところに行くべきなのだ。そこならロボット相手に、家事やかたづけに使うマシンを見せてくれとかなんとかいって、目立たずにいることができたんだから。ほら見ろ。ああ、エスタルトゥよ。なぜこんなことに？」

だれかが車椅子に体当たりした。みじかく狙いすました一撃だ。車椅子は引っくりかえったものの、反重力システムが装備されているため、すぐに起きあがる。しかし、シェドックは床に投げだされ、倒れたまま痛みにうめいた。カリフラワー頭に黒っぽい染みができている。

「暗殺行為だ！」ファジーが騒いだ。「なぜ、だれもかれを助けないんです？」

数名の客がシェドックのほうにかがんで助け起こし、車椅子に乗るのを手伝った。かれは礼を述べ、うめきながらまた進んでいく。負傷したことはまったく気にしていないようだ。それでも医療ロボットが一体、急いであとを追い、傷の手当てをする。

「これまたミスだ」シャバレ人が嘆いた。「あのばか！　あんなことをさせたら、緑褐色の血が傷口から出たものじゃないとロボットに気づかれてしまう！」

そこでニュース中継は終わり、報道センターが〝解説はのちほど〟とコメントする。

ラウダーフェーンは急いでいった。「二度と失敗してはならない。そんなことになれば、ポテアはおしまいだぞ！」

五段階の衆に対し、敵ながらあっぱれと思っているのだろう。わたしもその気持ちはわかる気がした。

さらに一時間が過ぎる。そのあいだはネットワークの情報が非常に緊密に飛びかい、まったく出口が見えなかった。

「リレー7のカメラを切れ！」シャバレ人が命令。一スクリーンにどこかの回廊がうつしだされる。だれもいないが、二分すると、奥のほうにひとりの姿があらわれた。ムリロン人だ。ムリロン人がどうやってここにきたのかは、イジャルコルのみぞ知る！ま、それはどうでもいい。ラウダーフェーンがなにか叫び、ボタンを押した。ぶーんとちいさな音がして、十秒後には聞こえなくなった。

「リレーを消去した」抵抗組織のリーダーが告げる。

ムリロン人はある部屋に入ると、すぐに送信者とともに出てきた。拡大映像を見れば、リレーがもう存在しないとわかる。あとかたもなく消えている。

シャバレ人はわれわれのほうを向いて、

「第二段階に入る。最悪の事態は乗りこえた！」

二時間後、ついに作戦は終了。捏造した情報の数々には、巧みな心理操作が織りまぜてある。完璧にしあげないと、疑いを持たれてしまうだろう。これらの情報によって、キヴァの特定地点に敵の注意を向けないようにさせたのだ。すると、まさにその地点で活発な動きが生じた。ただ、はじめから予測していなければ気づけない。なにが起きたか知っているわれわれは、グライダーの動きを判別することも、あらゆる歩行者を疑ってかかることもできるわけだが。

「この瞬間、ペリー・ローダンがどこにいるとしても、眠っているわけはない。隙が生まれたと気づいて、目的地をめざすはず。かれが〝七つの目〟に近づいたら、シェドックが見つけるだろう」

ラウダーフェーンはそういって、巨大なホテル複合施設のはしのほうを指さした。そこをキュリマンが一名、歩いていく。まっすぐホテルに向かっているようだ。とはいえ、べつに急ぐようすもなく、荷物を持つロボットを待っているようにも見える。

「シェドックか？」わたしは訊いた。「車椅子に乗っていない。あれは芝居だったのか！　またなんて危険なことを」

ラウダーフェーンはしばらく沈黙していたが、やがてわたしをじっと見て、しずかにいった。

「いつか逆にならなければいいと願っている。ポテアがネットウォーカーをたよるような事態に！」

それから大声で指示を出す。その場にいる者たちはスクリーンやほかの機器類をオフにして立ちあがり、われわれが入ってきた出入口から外に出ていった。ひとりだけがのこって、いくつか接続プラグをさしこんでいる。やがて、一名用転送機が光りはじめた。シャバレ人が金属棒のようなものを手に持って、転送機に近づいていく。

「どこにも監視の目がないか、まずわたしがたしかめてみよう。もし危険があるようなら、この棒を投げこむ。これは自動的に転送コードを消去したのち、またもとの場所に送りかえされる。すると、逆方向の転送作用が働くわけだ。そうなったら、ただちに転送機をオフにすること。あそこの赤いボタンを押してくれ！」

ラウダーフェーンは転送アーチに入り、非実体化した。なにか反応があるかと、われわれはじっと待つ。なにも起こらない。わたしはファジーに、心配無用というようにうなずきかけた。かれが場所を譲ってくる。わたしは転送機に入り、目的地へ向かった。

＊

わたしとファジーを迎えたのはグーレシャドだった。

「ハトゥアタノの居場所はある程度まで絞られた」と、告げてくる。「町の中心部にある広大なホテル群のひとつだ。そことキヴァのあちこちで、この二時間、どんどん交信頻度があがっている！」

「それはいい」と、わたし。「例のソム人たち、わたしがペリーを探しだすのに協力したと考えるだろう。ただ、いずれトリックは見ぬかれる。かれらとばったり出会うのは避けたいところだ！」

「心配いらない」オファラーは楽しげにさえずるような声音《こわね》で請け合った。「われわれが目を光らせているから！」

いまいるのはホテル〝七つの目〟、モバラに行く前に滞在していたスイートルームだ。われわれはそこから、こんどはべつの階に向かった。ラウダーフェーンがある部屋の前まで案内してくれ、ドア開閉メカニズムに触れる。われわれが足を踏み入れると、シャバレ人は咳ばらいした。

そばの一室から、三人の姿があらわれる。ストロンカー・キーンとラヴォリーの顔はおなじみだ。しかし、わたしにとって三人めの顔は、両ヴィーロ宙航士よりずっとなじみ深いものだった。ペリーとは、ときには数年会わなかったこともある。親しい友とはなればなれになるのは、いつだってつらいものだが、しかたない。ネットウォーカーはわずか四百八十三名で重要な任務にとりくんでいるのだから、友情を温める時間などわずかしかないのだ。たとえ、われわれほど長くつづいてきた友情であっても。

自分の唇が震えるのがわかった。

われわれは駆けよってたがいを抱擁し、両手を握り合った。

「信じられない。現実とは思えないほどだ」と、ペリーがコメント。「すべての交信内容を傍聴できたのがさいわいした」

「すべての交信内容？」ラウダーフェーンが驚いている。

「すべてだ。わたしは幸運にも、ヴィレーヤーの一拠点にかくれていたのでね」

どの転送機と接続ルートを使ってそこに到達したか、ペリーはわれわれに教えた。シャバレ人が呵々大笑する。

「なのにわれわれ、あなたの背後を守るためにそのルートのひとつを破壊したわけか。どう思うね、トシン＝ブル？」

〝トシン〟と呼ばれたことで、わたしは自分がボンファイアにきた理由を思いだし、ガムトサカ兄弟にまつわる噂や惑星ムアントクで見つけたシュプールについて報告した。ラオ＝シン種族のことはいまでも、なんらかの理由でカルタン人を騙《かた》ってエスタルトゥにきたものと思っている。だからわたしはアブサンタ＝ゴム銀河の該当宙域に飛び、かれらを探すつもりだった。ひとりでではない。全ヴィーロ宙航士が捜索に協力するといってくれている。

「難破船をアクアマリンに置いたのは、うっかりミスではないんです」と、報告を締めくくった。「ネットウォーカーほどたよりになる助っ人がほかにいると思いますか？　トシンのわたしだけでできることなど、たかが知れている！」

「われわれネットウォーカーも同じだよ。ボンファイアがいい例だろう」ペリーはシニカルな笑みを浮かべて、「地獄の沙汰だ。よそ者はすべて罠にはめられる。わたしは惑星アロブを出て、ゲリオド人という奇妙な種族の船に乗るはめになった。ボンファイアに到着できただけで儲けものさ。乗員たちが下船して町へ向かったあと、船はハトゥアタノに爆破された。その後、ゲリオド人たちがどうなったかはわからない。いまわかったが、あれはわたしを狙った攻撃だったのだな。ナックが宇宙港にいて、こちらの存在に気づいたにちがいない！」

ペリーはこれまでの詳細を語った。ネットウォーカーたる者、組織の秘密や技術を守ることを考えなくてはならない。だから、通常路に沿って進むネット船は使わなかったのだ。それを使うのは、たとえば組織メンバーのだれかを救出するといった、よほどの緊急時のみである。ペリーはボンファイアまでくるのに、すくなくともアロブからは従来の輸送手段を使ったということ。だが、このやり方はまわり道だし時間もかかる。状況を見れば、われわれがエルスクルスの大混乱から抜けだすには、いまこそネット船が必要だろう。

「あまり多くを期待するな」と、ペリー。「この十五年、きみと仲間のヴィーロ宙航士たちがしてくれたことを考えると、よろこんで報いたいところだが、目下それは不可能だ。われわれはいま、重要なプロジェクトにとりくんでいる。それが実現すれば、永遠の戦士たちが不可侵で無敵だという評判に傷がつくはず。かれらの誇りは地に落ち、権力の館はカードの家のごとく崩壊するだろう。われわれ、その第一歩を準備しているところなのだ」

「いったい、なにをするんです？」ファジー・スラッチが問いかける。ペリーはファジーと会ったばかりで、その人となりをほとんど知らない。質問の無邪気な口調を無視して、こう答えた。

「シオム・ソムの紋章の門に関することだ。いまはそれ以上いえない。このプロジェクト実現のため、われわれネットウォーカーは持てる手段と力をすべて投入している。きみとヴィーロ宙航士たちにも協力してもらいたい、ブリー。とはいえ、カルタン人の問題も重要な一件ではあるだろうな」

ペリーは惑星トペラズでラオ＝シンと思われる者に出会ったことを話した。その相手はシアコンと名乗ったらしい。外見から、まちがいなくカルタン人か、そこから分かれてエスタルトゥに流れついた種族だったという。

「きみが探している惑星の名はフベイだ」と、かれは締めくくり、「いまから行こうとしている宙域のどこかにある」

「フベイ！」わたしはごくりと唾《つば》をのみ、「そこに、われわれだけで行けというんですかい？」

ボニファジオ・スラッチがぜん活気づいて、わたしの前に立ちはだかった。大きくなったように見えるのは、爪先立ちしているからだ。

「いわんこっちゃない。これでわかったでしょう、チーフ。われわれだけじゃ無理ですって。早いところ手を引いたほうが身のためです」

「ばかをいうな、ファジー。きみたち全員の協力があれば、ブリーはやりとげるさ！」ペリーはそういって、わたしの肩を軽くたたいた。「そうだろう、でぶ？」

「耳に心地よい言葉ですな」と、わたし。「わかりましたよ。目下のところはそうするしかない。しかし、わたしひとりでたいしたことはできんと思いますがね」

「いまにわかる。まず重要なのは、ラオ＝シンについて情報を得ることだ。かれらがアブサンタ＝ゴムでなにをしているのか、なにをたくらんでいるのか、知る必要がある。力の集合体にあるほかの銀河にも、かれらの入植地があるのだろうか？」

「いずれすべて見つかるだろう」ラウダーフェーンが割りこんだ。「もう時間がない。ここに長くとどまってはまずいのだ。ホテル〝七つの目〟には千の目があるのだから」

「ここからどこへ行くつもりだ？」わたしはシャバレ人に訊いた。

「山の砦へ。どうやったらペリー・ローダンをすみやかにエルスクルスから脱出させられるか、そこでじっくり考えよう。ハトゥアタノが近くにいるかぎり、かれは絶体絶命だ！」

シャバレ人は出口に向かい、われわれもあとを追った。うしろでファジーが反抗的な口調でぶつぶついっている。こう聞こえた。

「わたしは銀河系に帰るぞ、あなたたちがなんといおうと！」

4 ハトゥアタノ

「かれが逃げる。そんなことをさせてはならん！」

陰気な調子の声が、殺風景《さっぷうけい》な部屋に響きわたった。調度は質素なプラスティック製で、形状の異なる椅子が四脚あり、一脚には座面がふたつついている。五段階の衆が最終的な話し合いの場を持っているところだ。

「だが、まだエルスクルスにいるではないか」べつの者が応じた。「船にこっそり乗りこんだりしないよう、宇宙港を見張っていればいい」

「忘れるな。あのとき偶然ファラガが近くにいなかったら、かれの到着に気づかなかったのだぞ。逃走だって同じことだ。ナックだって、かれが見つかるまで町じゅう忍び歩いて転送先を探しまわるわけにはいかない。あまりに時間がかかりすぎる」

「なにか提案があると？」

「なにも。その反対だ。われわれハトゥアタノは撤退する。エルスクルスの外でかれを捕まえるチャンスを探すのだ」

「それは無理だな。周回軌道に多数の船が待機しているのを忘れたか。輜重隊が全員でかかっても、かれを探しだせなかったのだぞ！」

「だったら、ほかのやり方を考えないと！」

これまでに四名が発言したが、ナックのファラガだけは沈黙している。奇怪な外見の頭部は、音声視覚マスクをつけているせいだ。これがないと他者との意思疎通ができないのだが、マスクをつけた姿はまさに嫌悪すべき怪物そのもの。動作は緩慢で鈍い。ファラガが多少ともはっきり意見を述べるときはいつも、ハトゥアタノのほかのメンバーは、動き方やジェスチャーでそれを察する。

「そのとおり」と、ファラガが発言した。人工音声がひずんで聞こえる。「かれは宇宙港の船に乗るしかない。だが、ヴィールス船に乗りこませてはならない！」

「どうやら」と、色鮮やかな着衣の男がいった。最初に口を切った者だ。「わたしのいいたいことを本当に理解したのはファラガだけらしいな」

これで話し合いは終わり、ハトゥアタノはキヴァの司令本部を引きはらった。

5　悪だくみには策略で

　山の砦は、大きな山のなかにある巨大施設だった。ポテアが自然の横穴を利用して、ここに司令本部をつくったという。われわれが到着したときは、ただひとつ転送機をのぞいて全設備が停止していた。この本部が使用されるのは非常事態が生じたときのみで、いつもはほとんど無人らしい。ヴィレーヤーに嗅《か》ぎつけられないための、必要な防衛処置だ。

「横穴をここまで使える施設にととのえるには十年近くかかった」ラウダーフェーンが説明する。シャバレ人はまずホテル〝七つの目〟にもどったあと、われわれより半時間遅れてここにやってきた。われわれと同じ転送機から、組織のメンバー十名とともにあらわれたのだ。「穴を固定するのにさまざまな鋳造プラスティックを使い、それからようやく内装を考えられるようになった。この施設は自給自足できるから、偶然に発見されて山を爆破されないかぎり、いつでも最後の場所として逃げこめる。ポテアのメンバーも全員がこの砦の存在を知っているわけではない。たとえばシェドックは知らない」

「なるほど、わかったぞ」と、わたし。「この山は宇宙港の北にある。宇宙船の散乱放射によって発見を遅らせることができるわけだな」

シャバレ人は口を前に突きだし、ちゅっちゅっとキスするような音を出した。

「それを知っているのはハッチェルトクだけ！　横穴から外に直接通じる道はないので、ここにくるには転送機を使うしかない。相談役大臣に訊いても、その話はいっさいしないだろう！」

わたしはペリー・ローダンとほかの者たちを見た。ペリーは周囲をじっくり観察している。すみずみまで目をはしらせ、設備の配置を記憶にとどめているのだ。やがて歩きだし、キュリマン二名が操作している一端末に向かった。そこでしばらく黙ってようすを見ていたが、われわれのほうへもどってくると、

「この施設があれば、ポテアは惑星の全権を掌握《しょうあく》できる」と、きっぱりいう。「それは非常に危険なことでは？」

「たしかに」シャバレ人は認めた。「ひとつまちがえば、そうなる。この施設がハトゥアタノの手に落ちたら大変だ。もしそうなれば、ポテアは数日あるいは数時間でおしまいだろう。さて、われわれの狙いがわかったかね？　これまでハッチェルトクは政府のなかにいて安全だった。だが、いつの日か個人用転送機に入り、中継ステーションに張りめぐらせたネットワークを使って、ここへ逃げてくるつもりでいる。まったく、自由

をもとめる戦いというのは容易ではない！」

わたしはにやりとした。だれに向かってものをいっている？　わたしとペリー以上にそのことをよく知る者がいると思うか？　そういいたかったが、黙っておくことにする。われわれふたりが不死者だと知れば、ラウダーフェーンは非常に驚くだろう。ふたりとも日々の暮らしにおいては、不死であることを意識せずにすごしているから……自分たちの知識が定命《じょうみょう》の者のそれをはるかに凌駕《りょうが》することはべつとして。わたしも細胞活性装置を入手して最初の数百年は、これからどんどん増えていく知識と経験に脳が耐えられなくなるんじゃないかと思い、不安になったものだ。だが、そんなことはなかった。べつに不思議ではない。人間の脳というのは、ふつうでも三十パーセントくらいしか使われてないそうだから。グッキーいわく、わたしの場合はざっと見積もって、いま五十パーセントくらいなんだとか。

「わたしの話を信じないのか？」ラウダーフェーンが訊いた。こちらの笑いをまちがって解釈したようだ。

「信じるとも」ペリーがわたしにかわって答えた。「ブリーはただ、われわれ自身の自由をもとめる戦いについて思いを馳せていたのだ」

「自由といえば」ファジーがまぜっかえした。「どうするんです？　みんなで仲よく頭を悩ませて、どうやってここから脱出するか考えるんでしょう？」

すぐに思いつく解決策はいくつかある。もっともかんたんなのは、ペリーを《エクスプローラー》本体に乗せてスタートすることだ。だが、ハトゥアタノがそうはさせまい。ヴィールス船でじゃまされずにアルスコ星系を去るなど、まず無理だと思われた。

となると、べつの船を使う可能性を探るしかない。ペリーがボンファイアに到着したことに気づいたのは、ナックだけだ。いちばんいいのは、どれでもいいから宇宙船にこっそり乗りこみ、宇宙空間に出るのを待つことだろう。船のコースがどこかで優先路とまじわれば、ネットウォーカーは囚《とら》われの身から解放される。すうっと優先路に進入し、通常空間から消えればいいだけだ。だが、運悪く優先路との交差点が存在しなかった場合、かれはずっと閉じこめられたままになる。

「ゲリオド人の船は爆破されたが、乗員はまだ町のどこかをうろついているはず」わたしはいった。「かれらが自分たちの故郷に帰るための通行証を手に入れようとするぶんには、なにも怪しまれない。ゲリオド人たちの陰にかくれてペリーを船に乗せよう！」

「それには、まずかれらを探しだす必要がある」ペリーは深刻な顔をわたしに向けた。

「危険な作戦だぞ。ゲリオド人は異質な存在だ。こちらが思ったようには反応しまい」

「かまわん。コンタクトをとるくらいなら問題ないだろう」と、ラウダーフェーンがいう。「小グループで出発しよう」

「了解した」と、わたし。「ただし、ペリーはここにのこしていく。五段階の衆がまだ狙っているから危険は冒せない」

そういいながら、自問する。ハトゥアタノは友をどうする気なのだろう。かれら、ペリーがネットウォーカーだと知ったとしか思えない。それとも、ちがうのか？

＊

一時間後、われわれは三人で山の砦を出発した。三人というのは、ラウダーフェーンとグーレシャドとわたしだ。転送機チェーンを使い、キヴァにある黴《かび》臭い地下室に到着。送り出し・受け入れ装置はありとあらゆるがらくたの下にあったので、転送機を出て本来の地下室に入るのに、まずごみや腐った食料品などをかたづけなければならなかった。つづいてふたたび出入口をがらくたでふさぎ、もよりの反重力シャフトへ。シャバレ人の案内でひとつ上の階層に向かう。そこにはさまざまな種族向けの衛生設備があり、ようやくごみと悪臭を洗い流すことができた。それから地表をめざす。われわれが出てきたのは古い建物のひとつだ。表には商店や娯楽施設の類いはなく、住宅やオフィスがいくつか見えるだけで、だれにも出会わない。

道路の高さにある建物の出入口にラウダーフェーンが立ち、小声でいった。

「すべて把握できたか？　この道路の突きあたりが広場になっていて、ずっと南へ行くと〝千の娯楽の館〟という施設がある。そこの反重力ホールで落ち合おう！」

わたしはうなずき、かれらと別れた。グーレシャドは右に行き、ラウダーフェーンは道路を渡って町なみのなかに消える。わたしは左に向かい、まっすぐ広場をめざした。そこから進んでいくと、たちまちさまざまな種族の生物にかこまれることになった。だれもがほかの者には目もくれず、好き勝手に行き来している。ただ、それは表向きの印象だったとすぐに知ることになるのだが。

しばらくのあいだ、各施設の前をゆっくり歩いていった。ここはキヴァでもっとも活気のある場所らしい。いたるところでネオンサインが光り、催し物の開催を知らせている。そのとき、目の前で一生物のホログラムが話しかけてきた。それと双子の姉妹に見える者がこちらにほほえみかけ、

「こっちにきて」と、ソタルク語で一本調子にささやく。「楽しませてあげる。なにもかも忘れられるわよ！」

「くだらんコピイだ」そう応じると、たちまちホログラムが消えた。わたしは先を急ぐ。各施設の出し物とその値段にしか興味ないふうをよそおいつつ、実際は道を歩く者すべてのようすを観察していた。上を見ると、十メートル高度に数機のグライダーが飛んでいる。モバラにある政府のマークがついていた。治安部隊だろう。キヴァの伏魔殿でとんでもない狼藉《ろうぜき》を働く者がいないか、監視しているのだ。

わたしはソム人とミュータントめいたガヴロン人の小男に意識を向けて探した。ペリ

ーが博物館で会ったというナガト人にも。ナガト人はペリーに狙いをつけていた。もしかしたら殺す気だったのかもしれない。

ナックの姿は見つからなかった。どっちみち、向こうはかなり遠くからでもこちらの存在に気づくはずだが。とはいえ、ナックがこのにぎやかな通りにあえてやってくるとは思えない。

だれにも出会えないが、運が悪いのかいいのか、それは見方によるだろう。こちらの顔をちらちら盗み見る者も大勢いた。この道を長くうろつけばそれだけ、トシンの印に気づかれる確率は高くなる。知らない一グループがこちらをじっと観察している。わたしがその前を通りすぎてようやく、かれらも動きだした。

二キロメートル歩くと、わたしは本来の関心事に注意を向けた。あらゆる入口ホールをのぞき見て、ゲリオド人を見なかったかたずねてみる。見たと主張する者はだれもいないが、わたしはどの建物でも、なかへ入ろうとはしなかった。ラウダーフェーンからもそう忠告されている。トシンには危険すぎる行為だからだ。ヴィレーヤーの諜報員がいたるところにひそんでいる。

それでも、もとめるものは見つかった。広場から二百メートルほどはなれたところにある建物のサイドドアが開き、怒声が響いてきたのだ。ドアから何者かが投げだされ、こちらにぶつかってくる。わたしはよけた拍子にバランスを崩したものの、本能的に相手をつかんだので、その男は転んでけがをせずにすんだ。腐った卵と酪酸がまじったような、ものすごい悪臭が鼻をつく。わたしは男を地面にすわらせると、急いで二、三歩あとずさった。

「ふん、ばかめ！　病気のせいだ！」臭い男はぶつぶついって、すこし身を起こし、こちらをにらみつけた。「酔ってるのさ！　それだけだ。病気だからな！」

わたしはたちまち興味を引かれた。まちがいない。この男、絶対にゲリオド人だ。

「こいよ」と、いってみる。「助けてやる。喉が渇いているのか？」

相手は黙ったまま、わたしをじっと見た。呼吸が荒い。しばらくして、

「グランジカル」と、つぶやいた。「あんたはグランジカルだ。永遠の戦士の印がある！」

「そうとも。さ！」

わたしはかれを助け起こした。ふたりならんで進んでいくが、男は支えないと歩けない。当然ながらわれわれは目立つ。だれかがこちらを指さし、どこかの入口ホールに消えるのが見えた。外でサイレンが響きわたる。

「もっとはっきりしゃべってくれ」酔っぱらいがまわらぬ舌でいった。「あんたのいうことはよくわからん、グランジカル！」

「わたしはブル。トシンのレジナルド・ブルだ。きみの名は？」

「ゲリオド＝ズス。《リオ・ゲド》の船長代行だ。ああ！」

ゲリオド人はよろめいて壁にもたれかかった。それから振り向き、はね蓋のような口を開く。尖った円錐形の頭部にある両目が焦点を失いはじめる。

「船は壊れたんだった。爆破された」と、小声でいった。「新しい船がほしい、戦士グランジカル」

「まかせておけ！」

広場のどこか、そう遠くない場所でふたたびサイレンが鳴りひびいた。それより近くには、艶消しの黒いグライダーが一機。

わたしは即座に反応し、ゲリオド＝ズスをのこしたまま、その辺の建物の入口にかくれた。見ていると、もう野次馬が押しよせている。グライダーが降下して、船長代行のすぐ上で静止した。

未知種族の者二名が降りてきて、ゲリオド人のほうへ身をかがめる。

「語りにきたのか？」と、ゲリオド＝ズスがわめいた。「さ、語れ。ただし、わたしを退屈させるなよ！」

未知者の一名が酔っぱらいにパンチを見舞い、乱暴に立たせて大声を出した。

「トシンを見たか？　額に印のある者だ！　いっしょにいただろう？　おまえの同胞はどこにいる？」

「いっしょにいたのは、永遠の……」ゲリオド＝ズスはろれつがまわらない。「グランジカルだ。戦士が新しい船をくれるとさ！」

両未知者が周囲に注意深く目をはしらせるのが見えた。わたしを探しているのだ。この近くにいると、だれかが通報したにちがいない。二名は酔っぱらいをほうりだし、またグライダーに乗りこんだ。ゲリオド人はわたしがやってきた方向にふらふら歩いて遠ざかる。グライダーは上昇し、群衆のすぐ上をゆっくり進んだ。捜索をつづけているということ。ヴィレーヤーの諜報員だろう。わたしはグライダーが通りを去って広場の上空に見えなくなるまで、建物入口でじっとしていた。

監視の目を逃れたわけだ……すくなくとも、見たかぎりでは。酔っぱらいの姿は消えている。わたしは歩きだし、周囲をよく観察した。ときどき立ちどまっては、歩行者にトシンの印を気づかれないよう、動くネオンサインを見あげる。広場に近づいた。千の娯楽の館の向こうに、ドーム状の丸屋根を持つ反重力ホールが見える。そこにまっすぐ向かうことにした。だいぶ時間を使ってしまったし、ほかにゲリオド人はまだ見かけていない。

広場は大きく、歩行者の流れもとぎれることがない。反対側に着くまで十五分もかかってしまった。ホール出入口のところにラウダーフェーンがいたので、近づいていく。かれは館のなかに入っていった。わたしがあとを追うと、シャバレ人は壁の張り出しのところで待っていた。

「ひとりをのぞいて全員、この上にいる」と、小声でいう。「グーレシャドが相手をしている。かれなら怪しまれない。あなたはゲリオド人に姿を見せないほうがいいだろう。ヴィレーヤーがあなたとゲリオド人をスパイしているから」

わたしは先ほどの経験について報告した。

「どうやったらゲリオド人をその気にさせて、ここをはなれるための船を手に入れられる？」

ラウダーフェーンには答えられない。すべてはオファラーの説得術という細い糸にかかっていた。きっとグーレシャドならなら得意の歌で、なにがなんでもゲリオド人たちをスタートさせられるだろう。

外で一グライダーが着陸した。武装した者が十二名降りてきて、千の娯楽の館に急いで近づいてくる。ラウダーフェーンが身をこわばらせてささやいた。

「危惧したとおりだ。もうやってきた。だが、そうかんたんに捕まるものか！」

「気をつけろ。ここにとどまるのだ！」と、わたし。

「かくれ場から出ようというんじゃない。あれを見ろ！」

かれが伸ばした腕の先を追うと、出入口の奥のほうに例の車椅子が見えた。ゆっくり反重力シャフトに向かっている。武装隊が出入口ホールに着くより早く、シャフトへと消えた。

「シェドックだな。ここでなにを？」

「グーレシャドに警告しにいくのだ。ゲリオド人たちが見つかって移動させられる前に逃げないと！」

「なぜゲリオド人が移動させられるのか？」

「ひとりがあなたといっしょのところを見られたからだ。それに当然ながら、ヴィレーヤーはあなたとペリー・ローダンになにか関係ありと疑っている」

武装隊は明らかにヴィレーヤーの諜報員だろう。ホール玄関からなだれこんできて、反重力シャフトのほうへ散らばっていく。諜報員が表に出てくるなど、異常事態だ。それだけかれらにとり、ペリー・ローダンは重要な存在ということ。

「行くぞ！」シャバレ人が動きだす。「ついてきてくれ！」

躊躇した。ラウダーフェーンは反重力シャフトで上昇しようというのだ。わたしはかぶりを振り、

「だれかが表のグライダーをどうにかしないと。だれがやる？」

「では、あなたにたのむ。急いでくれ。十二階にいるから！」

わたしはゆっくり出入口に向かう。着陸したグライダーの色つきキャノピーの奥を見ると、すくなくとも一名のこっているのがわかった。ハッチは開いている。

わたしは方向転換し、館の壁に沿って足を進め、グライダーの後部まできた。そこで踵を返し、ハッチ外殻に近づくと、小声でヴィールス・セランに指示を出す。複数のパラライザーが作動。分散して鳥のごとくハッチから機内に飛び入り、諜報員に襲いかかる。五秒もたたずにヴィランが指示完了のサインを送ってきた。

ハッチをくぐる。パラライザーが手首のふくらみへともどってきた。操縦士は意識を失ってシートにもたれている。わたしはハッチを閉めたのち、かれを引きずりおろし、操縦席について機器類の上に身を乗りだした。ヴィランの分析装置があれば数秒でしくみはわかる。グライダーが十二階の高さまでゆっくりと上昇。

館は全周がガラス張りだった。近距離探知によると、わたしには未知の合成物質でできたガラスだ。非常事態になったらこの素材がどういう反応を見せるかはわからない。

グライダーを壁に近づけたまま、なかのようすをのぞき見る。

左右にからだを揺らしている観光客の姿しか見えない。どこか奥のほうで煙が弧を描いている。ビームが当たって火災が発生したにちがいない。人々のあいだに不安が生じ、目に見えない楔《くさび》が打ちこまれたかのようだ。

最初にシャバレ人を見つけた。一ゲリオド人の首根っこをつかみ、窓のほうに走ってくる。グライダーに気づいた。そのうしろからほかのゲリオド人乗員と、オファラーもついてくる。もっとうしろのほうで、諜報員たちの武器が光った。

すぐに動かなければ。わたしはグライダーを方向転換させ、尾部から窓に突っこんだ。がしゃんと音がして、ガラスが粉々になる。機体にがくんと衝撃がはしった。窓にあいた穴にはさまれたのだ。穴を大きくするためにフルスロットルで前進機動をかけたあと、ただちに逆噴射して、穴の前から乗機できるようにする。

だれかが騒々しく乗りこんできた。ゲリオド人だ。次にラウダーフェーンとほかのゲリオド人がつづく。最後にグーレシャドが、閉まりかけたハッチから身を投げこんだ。

「シェドックがいないぞ！」と、わたし。「かれはどうした？」

「早く出せ！」シャバレ人が大声を出す。「シェドックのことは気にするな。かれはいつだって危険ファクターだったのだ！」

最初の命中ビームがグライダーの外被に穴をうがった。わたしは機を加速させる。わかったのは、ヴィレーヤーの諜報員がゆがんだ車椅子の残骸をグライダーに向けて投げつけたことだけ。残骸が無人の広場に墜落する。歩行者たちはすでに移動し、近くの建物に逃げこんでいた。

「宇宙港へ！」ラウダーフェーンが叫んだ。「わたしのいうとおりにしてくれ。一刻を争うのだ！」

＊

シャバレ人がコンビネーションから引っ張りだした小型ディスクをいじると、鱗《うろこ》の門が上昇して開いた。もう一度わたしは深呼吸してから、薄闇のなかにグライダーを進めていく。門が閉まり、ちいさなランプが点灯して、宇宙港をわずかに照らした。

「ゲリオド＝ウンフ！　頭ははっきりしているか？」ラウダーフェーンがいう。

「ちがう話を語ってくれ」と、ゲリオド船の船長。「船が爆破されてしまった。だれがかわりのを用意してくれるんだ？」

「わかるもんか。ただ、きみの船を爆破したのがハトゥアタノだということは気づいただろう。理由を知ってるか？」

「あんたは？」

「いや、わたしも知らん」

「だったら、ちがう話を語ってくれ！」

ラウダーフェーンはぷいと横を向き、わたしが立ちあがるのを眺めた。

「無意味な会話だな」と、わたし。「さて、これからどうなるんだ？」

「いまにわかる！」

かれはゲリオド人たちをグライダーから外に出すと、かれらが使える宇宙船の名前をあげた。その後、急いでグライダーにもどってくる。

「猶予はきっかり十五分だ。そのあいだにすべてやりとげなければ！」

「きみさえさしつかえなければ、いったいここでなにが起きるのか、教えてもらいたいんだが！」わたしは腹をたてていた。「まったく、このデンマークではなにかが腐っている！」

「デンマーク？　ゲリオド人の故郷惑星か？」と、グーレシャドが訊く。

シャバレ人は返事のかわりにわたしをグライダーから押しだし、鱗の門の向こうに追いやった。光のアーチがきらめき、転送機の輪郭が浮かびあがる。かれは送り出しフィールドにわたしを押しこむと、自分もつづいた。山の砦でペリー、ファジー、ほかの者たちの姿が見えたときは思わず安堵の息をついた。さらに、かれらのそばにキュリマンが一名。

「トシン＝ブル！」キュリマンはわたしに向かい、「ついに正念場《しょうねんば》だな！」

わたしのうしろから、ラウダーフェーンとグーレシャドもあらわれる。即座に転送機のスイッチが切られた。

「ハッチェルトク、きみか！」と、わたし。「一ネットウォーカーの運命がそれほど気になるのか？」

「もちろんだとも、ブリー。それに、ヴィレーヤーとハトゥアタノの裏をみごとにかいたことがうれしくてね。きてくれ、見せたいものがある！」

かれはわれわれを全周スクリーンのところに連れていった。宇宙港の映像がうつしだされている。ゲリオド人のグループが宇宙船に向かうところだ。そこへ車輌が一台近づき、かれらの同胞をひとり降ろした。その男がふらつきながら仲間のもとへ歩いていく。

「ゲリオド＝ズス！」わたしは思わず言葉を発した。「あの酔っぱらいじゃないか！」

ゲリオド人たちは、赤道環を持つ転子状船から地面におりてきた斜路を使って乗りこんだ。かれらが船のなかに見えなくなると、斜路が格納され、外部とのコンタクトも遮断される。わたしは額に皺をよせた。その表情をハッチェルトクが正しく読みとり、こちらに近づいてきた。

「いったいどういうことかと思っているな」と、キュリマン。「最初の計画では、ゲリオド人たちを船に乗せ、かれらに小型転送機を持ちこませる予定だった。それを船内に設置すれば、ペリーが気づかれずに移動できると考えてね。だが、作戦を変更した。ゲリオド人たちがあまりにきびしく監視されていたため、かれらの行動をヴィレーヤーやハトゥアタノにかくしておくことはできない。だから、べつの計画を実行にうつしたのだ！」

「どんな計画だ？」ストロンカー・キーンが訊いた。「もったいぶって、われわれをじらしてるな！」

「まさしく！」

「十五分しかない」ラウダーフェーンが口をはさむ。「われわれ、行動しなければ！」

転送フィールドが明るくなり、ハッチェルトクがローダンに転送機に入るよう指示した。友の隣りにいたわたしはかれと二、三、言葉をかわし、最後にこういった。

「こちらからたえず情報を送ります。ゲシールとエイレーネにわたしから挨拶を。あと、旧友たちにもよろしく伝えてください。とりわけグッキーに。もうずいぶんネズミ＝ビーバーに会ってないな。まさに恋い焦《こ》がれる気分です！」

「みずから墓穴を掘るなよ！」ペリーは哄笑《こうしょう》した。「イルトがどんなやつか知ってるだろう。そんなせりふを聞いたら、きみを襲いにくるぞ！」

「ネットウォーカーのプロジェクトをほうりだしてですかい？」

「いや。だが、偶然に近くを通ることがあれば……」

ペリーはそのつづきをいわなかった。われわれは握手し、友はほかの面々にも別れの言葉を述べる。かれが転送機に入ったのち、装置が停止するまで、われわれは見守っていた。

「かれはいま、あちら側にいる」ハッチェルトクが、いわずもがなのことをいった。その声にはどこかふくみがある。わたしはふたたびスクリーンに目を向けた。動くものはなにもない。ずっと奥のほう、宇宙港の東端で百メートル級の船が一隻、離陸して空に消えた。

時間がじりじり過ぎていくが、やはりなにも起こらない。

「この船、スタートしないじゃないか」ファジーがしびれを切らして文句をいった。

「なにかミスが起きたんですよ。早くペリーを連れもどさないと！」

そういってスクリーンを指さす。

「あのなかに連れもどすべき人間はいない」と、ラウダーフェーン。おもしろがるように喉を鳴らし、「船内にいるのはゲリオド人だけだから！」

「ようやくわかってきたぞ！」わたしはハッチェルトクに歩みより、「きみはわたしにもわたしの仲間にも真実を告げなかった。ペリーはゲリオド人のところにいないのだな。さっきスタートした船のなかにいたのだ！」

「さすがトシンは抜け目がない」グーレシャドの鋭い声は歌うような響きだ。「ヴィレーヤーやポテアのメンバーの多くよりも上手《うわて》だな！」

「それはどうでもいい」と、ハッチェルトク。「幸運を祈っている。エルスクルスがあなたたちにとって罠となったのは遺憾だが、どうしようもなかった。また再会できることを願う。こんどはもっといい状況下で」

「われわれもそう願っている。協力に感謝する！」

相談役大臣は転送機で去り、われわれとシャバレ人たちだけになった。全周スクリーンも消え、しだいにがらんとしてくる。機器類が作動を停止。山の砦はふたたび、いばら姫のごとく長い眠りに入るのだ。

「まだ転送機は動いているが」と、ラウダーフェーン。「時間がかぎられる。停止するときには全員が移動をすませていないと！」

「では、急ごう！」わたしは《エクスプローラー》に暗号化インパルスを送り、受け入れ側の転送機をオンにした。ラウダーフェーンたちにもう一度礼を述べ、ヴィールス船へと移動する。シェドックがどうなったかについては、もうシャバレ人にたずねなかった。すべては闇のなかだ。

「おさらばだ！」ファジーがぶつぶついう。「さっさとスタートしてくれ、ヴィー！」

ふたたび宇宙港管制とコンタクトすることなく、ヴィールス船はボンファイアの赤い空に飛び立つ。この惑星を訪れたのは二度めだが、とんだ難題が待っていた。ヴィレーヤーのみならず、ハトゥアタノまで登場したのだから。シオム・ソム、アブサンタ＝シャド、アブサンタ＝ゴムの三銀河を支配する永遠の戦士に仕える、第二の組織だ。

五段階の衆にはもう二度とお目にかかりたくない。

船は雲の天井を突きぬけ、真空の宇宙空間に出た。ボンファイアをとりまく四軌道の混雑ぶりが見える。惑星の周囲には動きがないが、それは一時的なものだろう。いわば〝端境期〟ということ。

「ペリーはおちつけば情報ノード経由で、みじかい通信かメッセージを送ってくることになっている。ただし、どういう場合でも通信はとどくので、かれが実際に安全を確保したという確信を持てるのは、目的地に着いたときだ！」わたしは仲間たちに説明した。「ヴィー、ペリーが乗った船のおおよそのコースを出してくれ！」

＊

貨物船《ヒルゴム》の船長はヒューマノイドのバディン人で、名をエベルワインといった。転送機のところでペリー・ローダンを迎えると、司令室に連れていく。船の乗員はすべてバディン人だ。かれらはエルスクルスで積み荷をおろし、あらたな品々を積みこんで出発していた。それ以外のことには興味がない。エベルワインがキュリマンの中し出を快諾したのも、ひとえに謝礼をたんまりフェダで支払ってもらったからだ。「すべては金のためです」と、エベルワインはいった。「わが船は早急にオーヴァホールを必要としている。なのに、近年は実入りがすくなく、その代金を工面できなかったのでして」

「きみたちに迷惑はかけない」と、ローダン。「できるだけ早く、どこかで船を降りるつもりだ。こころよく客として迎え入れてくれて、ありがたいと思っている！」

エベルワインは客を乗員たちに紹介したが、かれらのようすがローダンには引っかかった。みな平静で、無関心なのだ。これはおかしい。ローダンが遠い異銀河からきたゴリムで、永遠の戦士の諜報員に追われていることは、かれらも知っているはず。

なのに、バディン人たちはそうした反応を見せない。もし反応したのだとしたら、すばらしく自制するすべを身につけているということ。

エベルワインはべつのデッキへとローダンを案内し、豪華な内装の一キャビンを見せた。三つの部屋からなり、ひとつはシャワー天井のついた大きな浴槽が占めている。船長は入浴方法と飲食物供給装置の使い方を説明すると、引きあげていった。ローダンはひとりくつろいで着衣を脱ぎ、浴槽に入る。安全のためドアは開けたまま、いつでも外のネット・コンビネーションとコンタクトできるようにしておく。浴槽の装置をいじり、頭をうしろにもたせかけた。いい香りの湯が天井から降りそそぎ、からだをつつみこむ。湯はどんどんたまっていき、水面が浴槽の縁までくると天井の雨がやんだ。かれはからだを沈め、何度か水面をかいて往復した。浴槽の大きさは四メートル×三メートルくらいでさほど大きくはないが、すこし泳ぐぶんには問題ない。

目を閉じてリラックスした。自分のためにハッチェルトクが乗船許可証を入手してくれたのだろう。そう思いつつ、しばらく清浄な湯のなかで泳いでいたが、やがて空腹と喉の渇きを感じはじめた。立ちあがり、ゆっくりと湯のなかを歩いて、ドアにつづく踏み段のところへ行く。湯は胸のところまであり、歩くとやわらかな波が生じた。

そのとき、かれははっとして立ちどまった。急いで左右を見まわすと、こわごわと振りかえり、両手で湯をすくってみる。

自分の行為に笑ってしまった。また前を向き、湯からあがると、脱衣所の空気乾燥機でからだを乾かす。それから急いでコンビネーションを身につけ、システム・チェックを実施。どこにも問題はない。

「異状なしか？」と、小声で確認する。

「ありません」シントロニクスが応答。

「探知は？　近くにだれかいるか？」

「ネガティヴ」

ローダンは考えこみ、浴室にもどる。このあいだに湯は抜かれていた。空《から》の浴槽に足を踏み入れる。

すると、またさっきと同じ。はっきり表現できないが、なにかを感じた。自分のまわりでプシオン・ネットの糸が数本、引きちぎられたような感覚だ。思わず身の内をうかがってみる。もしや、プシオン刻印が効力を失ったのではないか。

だが、そうではなかった。室内になにか不穏なものが存在するのだ。

浴槽から出て、食べ物をいくつかならべる。飲み物は、ヒューマノイドであるバディン人のメニューから炭酸水を選んだ。

食事していると、ネット・コンビネーションが報告してきた。

「空調システムに少量の法典ガスが検出されました。このキャビンではなく、室外で。

だれかが乗員たちを支配下におこうとしています。あるいは、すでに実行ずみかもしれません！」

ローダンは勢いよく立ちあがった。ネット・コンビネーションの防御バリアが展開し、すわっていた椅子が引っくりかえる。あれこれ考えをめぐらせるが、コンビネーションの発言に疑念をはさむ余地などない。

船名の《ヒルゴム》は罠だったのだ。あるいは、知らないうちに罠に変えられていたか。《ヒルゴム》はなにを意味する？　アブサンタ＝ゴム銀河にヒルという名の惑星があるのか？

ブリーにまだ通信コンタクトをとっていなくてさいわいだった。遅くとも通常空間に出てすぐのインターヴァルで連絡しようと思っていたのだが。というのも、船はとうに通常路を使う航行に入っていたから。

光点はまだあらわれない。ここには通常路と交差する優先路は存在しないということ。船が凪《なぎ》ゾーンに近づけば近づくほど、優先路が見つかるチャンスはすくなくなる。

ふたたび、だれかに見られているような感覚をおぼえた。こんどはずっと強く。コンビネーションの下でうなじの毛が逆立つのがわかる。背中に水を浴びたような気がした。テーブルから視線をはずし、おもむろに振り向く。

背後の壁と浴室が消えており、薄紅色にきらめくエネルギー・カーテンが見えた。その向こうに大きなホールがあって、見わたすかぎりスクリーンに埋めつくされている。宇宙空間のプシオン・ラインがうつしだされるなかで唯一、五脚の椅子が置かれた床の映像があった。

　五脚のうち二脚はまったく同じものだ。

「しくじったな」色とりどりの衣装を身につけた小男が声を発した。その姿を、ローダンははじめてしっかり認識する。「ポテアはわれわれをこけにする気だったようだが、あなたたちがゲリオド人を当てにしないだろうということは最初からわかっていた。それにしてはゲリオド人を探しはじめるのが遅すぎたからな。われわれがかれらを追ったのも陽動作戦にすぎない。ゲリオド人とあなたが無関係だと、こちらはとっくに知っていたのだ、ペリー・ローダン。アロブのような惑星にも目を光らせているのでね！」

　ローダンは表情ひとつ変えずにソム人二名とナガト人を観察した。ナガト人があつかましい笑みを浮かべている。すくなくとも、かれはそういう印象を受けたが、あるいは憎悪の表現かもしれない。

　ローダンがいちばん長く観察の目を向けたのはナックだ。音声視覚マスクはつけていない。かれなりのやり方でこちらの存在を認識しているのだろう。ローダンは自分が見られているという感覚をそのように受けとめた。

「なにが望みだ？」と、しずかに訊く。「情報か？」

色鮮やかな相手は笑った。

「いや、われわれはただの運び役だ。この《ヒルゴム》であなたをシオム・ソム銀河に連れていく。そこにイジャルコルの信頼する専門家がいるから。かれらがあらゆる技術手段であなたを尋問し、知りたいことをすべて聞きだすだろう……エスタルトゥにかけて」

「それはかなりむずかしいと思うがな」ローダンは応じた。まるで、なにかの問い合わせを受けただけだというように。

6　謎めいた言葉

ヴィーロトロンのフードをかぶったストロンカー・キーンが思考インパルスでヴィールス船を操縦した。《エクスプローラー》基礎ユニットはふたたびほかのセグメントと連結され、一部隊となってペリー・ローダンが逃亡に使った貨物船を追尾している。およその距離は判明し、エネルプシ船の中間探知インターヴァルについてもヴィーが算出していた。

「もっと速度を出せないのか、ストロンカー？」わたしがせっつくと、メンターは一瞬だけ目を開けて、

「モチベーション段階のときにじゃましないでください」と、閉じた口のあいだから言葉を吐きだした。

わたしはホロ・スクリーンにうつる色とりどりの線を黙って観察する。われわれはプシオン・ライン沿いに、ペリーが乗った船と同じ方向を進んでいた。友は通常空間に出て最初のインターヴァルで、とりきめたシグナルを送ってくることになっている。それ

を待ちわびているのだが、まだこない。すべてうまくいったのだろうかと、じりじりする思いに悩まされはじめていた。どんなに急いでも、われわれが追うのはヴィールス船と異なり、技術手段でプシオン流を利用できる相手なのだ。

ストロンカーがヴィーのモチベーションに成功。精神インパルスによって船を駆りたて、全性能を引きだして加速にもっていく。しばらくのち、最高速度に達したとメンターが報告した。それでも半時間ぶん短縮されただけだ。やがて、追う相手が消えたと船が伝えてくる。もう一隻の船はまたプシ航行を中断し、方位確認した。ペリーの逃亡船との距離は四分の一光時まで縮んでいる。しばらく待ったが、やはりこちらを安心させるシグナルはとどかない。

「飛行をつづけろ」わたしは指示を出した。「コース維持！」

ふたたび移動開始。すぐに相手の船もまたプシ空間に入った。ストロンカーがあらためてヴィールス船を駆りたて、最高性能を発揮させる。こんどはかなりの成果があった。二時間後、もう一度インターヴァルをとって通常空間に出ると、貨物船は光学的に観察可能な範囲にいるではないか。惑星を持たない一白色恒星の近傍だ。アブサンタ＝シャド銀河辺縁部に近づいたということ。どこかの惑星に着陸するのでないかぎり、船はすぐに銀河間宇宙航行に入るだろう。

わたしはネットコーダーをチェックしたが、なにも表示されていない。この近くに情報ノードが存在しないのだ。ペリーがまだあの船に乗っているかどうか、調べるすべはない。

われわれは逃亡船にさらに近づくことにした。数秒後、ふたたびヴィーがエネルプシ航行にうつる。これでヴィールス船部隊が相手の進路をふさぐかたちになった。

「《エクスプローラー》からペリー・ローダンへ」船が通信を開始する。「応答願います。エルスクルスからスタートした貨物船、応答願います！」

数秒が経過。すると突然、ホロ・プロジェクションの映像がゆらめいた。フードをかぶったストロンカーが驚いたように口笛を吹く。暗闇のなか、《エクスプローラー》を狙って一条のエネルギー・ビームがはしったのだ。ヴィーが即座に反応し、エネルプシ・バリアを展開。これによりヴィールス船の周囲に空間歪曲が生じるため、まわりのものがゆがんで見える。まるで両目がはなれたカエルになったみたいだ。ビームがどんどん近づいてくるが、命中することはなく、バリアに当たって消滅した。

気がつけば、相手船に接近していた。ヴィーがふたたび通信で呼びかけるが、やはり応答はなく、二度めのビームがはなたれる。それから、ふいにひずんだ声のメッセージが送られてきた。

「NKより、ハトゥアタノが船内にいるとのこと！」と、ヴィールス船が報告。

ヴィーが捕捉した内容はコードにより暗号化されていた。NKはネット・コンビネーションの略だ。つまりペリーの防護服がこれを知らせてきたわけだが、略称を使ったということは、着用者がネットウォーカーだと船の乗員に知られてはまずいからだろう。

「攻撃しろ！」わたしは命令した。「ストロンカー、ヴィー。なにができるか相手に見せてやれ。あそこに五段階の衆がいる。われわれにとっては難題だが、ペリーをとりもどすことができなかったら、笑い者になるぞ」

「危険すぎますよ」ファジーがいった。相いかわらず、目がさめるような色の衣装を身につけている。「すみませんが、わたしはいっさい関わりませんから！」

われわれはエネルプシ・バリアに守られたまま、利用できるすべての武器を投入した。ほとんどのヴィールス船は攻撃用武器を装備していないが、《エクスプローラー》は例外だった。結局のところ、攻撃が最大の防御という状況はあるもの。いまはすくなくとも、相手の意図は明らかだ。こちらにバリアがなければ、ハトゥアタノに殲滅《せんめつ》されていただろう。

「多機能プロジェクターを作動します」船が告知した。異論はない。この兵器は防御バリアを張っていても、充分なエネルギーをつぎこめば効果を発揮する。われわれに見えたのは、漆黒の宇宙空間に生じたブルーの閃光だけだ。相手の船のバリアが光る。通常通信がオンになり、ホログラムがあらわれた。一ヒューマノイドの上半身がうつしだされる。

「われわれは降伏しない！」ソタルク語で相手は叫んだ。「法典はつねに勝利する。おまえたちはけっして……」

あとの言葉はかき消された。はげしい放電が起きて、接続が切れたのだ。

「かれら、強力なバリアを張っている」ストロンカーがいった。「リスクを冒すしかありません」

「よかろう。ただし、手みじかにな！」と、わたし。ヴィーがなにをするつもりか、予想はつく。ヴィールス・シートの肘かけをぎゅっと握りしめた。

視界が正常にもどった。エネルプシ・バリアが消えたのだ。相手の船は《エクスプローラー》部隊のすぐ近くにいる。ヴィーがあらためて多機能プロジェクターを作動。さっきバリアで阻止されたエネルギーが、こんどはぞんぶんに威力を発揮した。

ふたたび命中。相手のバリアが燃えあがり、火花がシャワーのごとく飛びちる。ヴィーが即座に防御バリアを展開。これはわれわれを守るのと同時に、傷つきやすいヴィールス船の自己防衛本能のあらわれでもあった。船は独自の意識と生存欲を持っていて、それがしばしばヴィーロ宙航士の意識や生存欲と衝突することもある。最悪の場合にはカタストロフィになりかねない。さいわい、われわれの船ではメンターを通じた共同作業とモチベーションがうまく機能しているので、意見の相違が非常事態にまでいたることはないが。

相手めがけてトランスフォーム・ビームがはしった。はげしいエネルギー放電が起きて、船殻の一部が引き裂かれる。相手船は動きだし、プシ空間に逃げこもうとしたが、できなかった。それをふたたび多機能プロジェクターがとらえる。ついに貨物船のエネルプシ・エンジンを破壊することに成功したと、ヴィーが報告。これで相手は航行不能になった。

「トシン゠ブルから貨物船乗員へ」わたしは通信をつないだ。「船をこちらに乗員ごと引きわたせ。ペリー・ローダンを無傷で連れもどしたい。それができないなら、ハトゥアタノは終わりだ。われわれに悪行を働こうとしたならず者たちに、そう伝えろ」

前に見たのと同じ者のホログラムがまたあらわれた。バディン人のエベルワイン船長と名乗る。額には、ついたばかりだと思われる傷があった。

「法典の信奉者は屈服しない」と、尊大な口調でいう。「遠慮なくわが船に乗りこみ、ペリー・ローダンとやらを探せばいい。ただし、一メートル進むごとに戦うはめになるがな！」

ペリーがネット・コンビネーションを着用しているといいんだが。そうすれば、不測の事態にも対処できるから。

「船をすこしずつ破壊していくぞ」わたしはそう応じた。「防衛してもむだだ。こちらを脅かす者はすべて容赦なく撃つ。全エアロックを解放しろ。われわれ、乗船する！」

バディン人はしばらく黙ってこちらを凝視していた。わたしの言葉はまったく的はずれでもなかったらしい。わたしはすこし身を乗りだして相手に笑みを見せ、

「通信オフ！」と、ヴィーに命じた。ホログラムが消える。

「実際、なにをする気です？」ファジーだ。「わたしはあんな船に一歩だって足を踏み入れませんからね！」

「だれがきみにやれといった、臆病閣下？」ストロンカーがそういってフードをはずし、髪をととのえると、シートをまわってこちらにやってきた。「各セグメントにいくらでもヴィーロ宙航士がいるんだ。みな、すこし運動したくてうずうずしている」

「そりゃそうでしょうよ」

ボニファジオ・スラッチは反抗的に応じ、あらぬところをじっと見つめた。視線で穴をあけようとでもするみたいに。

最初の自由志願者たちが連絡してきた。ひと組二十人からなる十グループを編成し、防護服に身をつつんで敵陣に乗りこませることにする。相手船はひどく損傷していて、プシ空間に逃げこむことはできないし、防御バリアも崩壊している。向こう側のエアロックがゆっくりと開いた。こちらの警告を本気で受けとめたということ。どうやらハトゥアタノは、われわれを船におびきよせて罠にかけようとしているらしい。

そうはいくか。老兵はやすやすとだまされない。

ひとつだけ、かれらには実際に経験不足な点がある。わたしという人間を知らないことだ。

＊

いきなり船の全通廊が騒がしくなったのは、ペリー・ローダンもわかっていた。なにかが起きたのだ。ブリーが絡んでいるかもしれない。とりきめた通信シグナルを待っていたが、あまりに長く待たされたので疑念をおぼえたのだろう。

ひとつ、ローダンを安堵させることがある。レジナルド・ブルが激情家でせっかちな男だという点だ。

友は座してことを待つタイプではない。《ヒルゴム》を追ってきたはず。ローダンは武装したバディン人二十四名によって上層デッキに連れていかれ、独房に監禁されていた。テーブルがひとつと、椅子にも寝床にもなるベンチがひとつある小部屋だ。最初はテーブルの上にいたが、その後ベンチに移動する。脚を曲げてすわり、頭のうしろで腕を組むと、

「封鎖を突破する方法を探せ」と、ネット・コンビネーションに指示した。「見つかったらすぐに、暗号化メッセージを送るのだ！」

コンビネーションが命令を実行するあいだ、ローダンは考えをめぐらせた。ベンチに仰向けに寝て、つねに頭上の観察をおこたらないようにする。逃走のチャンスがあるのは、船が優先路と交差するときだ。そうなれば、もし防御バリアがあっても支障なく脱出できる。プシ空間に移動して、時間のロスなく好きな場所に行けるのだ。

目標は、この旅を終わりにすること。惑星サバルにもどり、入手した情報をしかるべきルートに伝えねばならない。

「船が攻撃に出ました」ネット・コンビネーションが伝えてきた。「武器を発射したのです。戦いになりました！　構造亀裂から通信メッセージを送ります！」

《ヒルゴム》に軽い振動がはしる。つづいてもう一回。ローダンはふたたび、独房の壁に監視されているような居心地悪さを感じた。ネット・コンビネーションによれば、独房の周囲にはりめぐらされていた複合バリアが消えたという。

ドアが開いて、武器二挺《ちょう》の銃口が光るのが見えた。何者かが入ってくる。ローダンは起きあがり、驚きの念をおぼえた。

ナックだ。ナックが見張り役にされたということ。驚いている場合ではない。警戒しなければ。ナック種族はプシ感覚を持ち、プシオン性エネルギー・フィールドを感知することができる。優先路の存在を突きとめて、ローダンの逃走を阻止する気かもしれない。

ナックというのはぞっとする生き物だ。姿は直立したナメクジに似ていた。体長一・五メートル、皮膚は黒く湿っていて、腹足のついた下のほうが太くなっている。からだの上端にある触角が唯一、目に見える感覚器だ。光学的に認識するのは不可能なので、通常空間ではなにも見えず、なにも聞こえない。話すこともできない。そのかわり、高周波ハイパー信号をプシオン性エネルギー・フィールドとしてとらえるため、複雑な構造物も問題なく認識できる。

独房に押し入ってきたナックは黄土色の装甲で身を守っていた。楽に移動できるよう、太い腹足の上には反重力装置がある。頭の上、触角の前のほうに音声視覚マスクをつけていた。これのおかげで通常空間での方向確認と、ソタルク語による他者との意思疎通が可能になるのだ。

ナックはドア口に立ったままでいる。ドアが閉まったあとも、外でふたたびバリアが展開したようすはなかった。

「動くな！」マスクから息まじりの声がした。「殺す！」

「わかった」と、ローダン。「どっちみち、ここから動く気はない。外でなにが起きているのだ？」

ナックは返事をしない。上半身に十二本ある細い腕の四本で、二挺の銃を持っていた。その銃口が明らかにこちらを狙い、ちいさく円を描いている。ローダンは個体バリアを張るべきではないかと考えたものの、やめることにした。もしかしたら、相手がそれを攻撃の意図ありと受けとめるかもしれない。

「ゴリム！」と、音声視覚マスクから聞こえた。「ゴリム基地、おまえの、どこ？」

「意味がわからんな。もっと明確にしゃべってくれないと」と、ネットウォーカー。

「まずはおちついて、わたしのじゃまをするな！」

奇妙なことに、ナックはその要求にしたがった。もうマスクから声は聞こえない。ときおり、からだの皺がぴたぴたと音をたてるだけだ。

そのあいだに、また振動がはしった。つづいてもう一回。そしてふたたび、しずかになる。ネット・コンビネーションが小声で探知結果を伝えてきた。独房の周囲にバリアがないので、外のようすが正確にわかるのだろう。

「いずれまた……」ローダンはいいかけたが、最後までいえなかった。船が強い衝撃に襲われたのだ。かれはベンチからほうりだされ、テーブルの上を腹這いになって滑った。腕を前に伸ばして支えようとするが、ナックにぶつかり巻きこんでしまう。相手の細い腕一対が絡みついてきて、いっしょに床に倒れた。負傷したか、あるいはネット・コンビネーションで防御できたか、そんなことはどうでもよかった。即座に反応し、ナックから銃二挺をもぎとる。わきに身を投げると、相手が驚いているわずかな隙を利用して二挺とも作動停止させ、立ちあがった。

ナックは目の前に横たわっていた。こちらに向けられた触角が震える。からだの下部にある反重力装置がうなりながら作動。ローダンは武器をテーブルの上に置き、相手に手を貸して起きあがらせた。反重力装置が外骨格を安定させ、ナックはドア近くに立ったものの、なにもいわない。音声視覚マスクがはずれたのだ。ローダンが見まわすと、マスクはベンチの下に転がっていた。ひろいあげ、ナックにさしだす。だが、相手は動こうとしない。

ローダンは顔をゆがめた。なるほど、マスクがないのでなにも知覚できないわけか。かれはナックの敏感な細い腕にマスクを押しつけ、相手がそれを握りしめるまで待ってから手をはなすと、テーブルのところへもどった。ベンチにすわり、武器をたしかめる。ひとつはパラライザー、もうひとつは高エネルギー・ブラスターだ。ブラスターからエネルギー弾倉を抜きとってポケットに突っこむ。パラライザーのほうは手に持ったまま、ナックのマスクが腕から腕へと移動してあがっていくのを眺めた。ようやく頭部に達したが、マスクをつけるには頭と触角をぐっと下のほうへさげないといけない。そうすると、ぎしぎしと変な音がした。

「武器を返せ！」と、奇妙な生物がいう。

「だめだ。きみにわたしを脅かす権利などない。だから、そうできないように配慮したのだ。わたしはきみを助けたのだぞ。わかっているか？」

ふたたび衝撃が、こんどはいっそうはげしく船を襲う。船殻がきしむ音と警報サイレンが聞こえ、ローダンはテーブルにしがみついた。ナックの反重力装置が大きな音をたてる。引っくりかえらないよう、ドア枠にからだを押しつけている。どこかでスピーカーのスイッチが入り、

「ファラガ！」と、聞こえた。色鮮やかな服を着た小男の声だ。「殺すんだ。逃がしてはならない。ペリー・ローダンを殺せ！」

スピーカーが内破した。格子《こうし》から煙があがり、室内にひろがっていく。相いかわらず船殻のきしみ音が聞こえた。左の壁に指の太さの亀裂が生じる。

「もうじき一巻の終わりだぞ」と、ローダン。「きみたち、攻撃者に太刀打《たちう》ちできないのか？」

いまではほぼ確信していた。《ヒルゴム》を攻撃しているのはブルの《エクスプローラー》部隊にちがいない。

ファラガは答えなかった。ドアからはなれ、ローダンのほうへやってくる。小男の指示を聞きとったのだ。仮借なく行動するつもりだろう。

「武器を！」マスクから声がする。「返せ！」

ローダンは弾倉をはずしたブラスターを独房のかたすみにほうり投げた。ナックはまったくそちらを気にしない。ブラスターのところまで行くのが大変なのだ。こちらに近

づいてくる。

「待て！」ローダンは壁の亀裂をさししめし、「ここから空気が漏れている。ふさぐ手立てを考えたほうがいいぞ。バディン人を連れてこい！」

ファラガは反応しない。もうテーブルのところまできている。プシ感覚を持つ腕をローダンにさしだし、

「武器を！」

ローダンはパラライザーのスイッチを入れた。これで作動可能になる。

「ファラガ！」ドア越しにちいさく声が聞こえてきた。外にまだ無傷のスピーカーがあるのだろう。「ローダンをすぐ搭載艇に乗せろ！」

ナックは聞こえなかったらしく、武器をよこせとふたたび要求した。

「だめだ！」ローダンは応じる。大胆な行動に出るべきかどうか、まだ揺れ動いていた。ナックのように異質で次元のちがう生き物が麻痺ビームにどう反応するか、まったくわからないのだ。

ナックはテーブルをわきに動かして引っくりかえすと、ローダンのすぐそばに立った。細い腕をかれに伸ばしてくる。

かれはパラライザーを発射。麻痺エネルギーが触角の下の頭から底部にまで作用したのがわかる。ローダンはわきによけ、かたむいた相手のからだを受けとめてベンチに寝

かせた。反重力装置がうなり音をあげるが、麻痺したからだを動かすことはできない。「すべては一部なのだ」と、マスクから声がする。「全宇宙の。くる者あれば去る者あり。不変なるものはなにもない！」

「ファラガ、聞こえるか？」ローダンは語りかけた。「どうして五段階の衆にくわわったのだ？　ナック種族は門マスターで技術者だが、殺し屋ではあるまい！」

「ライ……それから、ソム人たち。メルファドがきたが、かれはこの者ではない。エスタルトゥの者。かれは生に属する。メエコラーの外に生はない。収縮するタルカンがはらむのは死のみ。死はわたしのもとへもやってくる！」

ナックは嘆息したのち、同じ言葉をくりかえした。ローダンはファラガの上にかがみこみ、ネット・コンビネーションを使ってそのからだをチェックする。

「代謝が抑制され、脳波パターンが一様になっています」と、結果が出た。「ナックはヒュプノあるいはトランス状態にあるということ。質問をつづけてください！」

そうしてみたが、ファラガの答えは相いかわらず同じだった。メエコラー、タルカン、収縮する、という言葉がくりかえされる。

〝メエコラー〟はなにかの報告で聞いたことがあると、ローダンは確信した。

「これ以上質問しても意味がない」かれはそういうと、ドアに歩いていった。開けようとしたのだが、開かない。ブラスターをとり、弾倉をふたたび装着して、ドアに向けて発射した。金属が溶けて流れ、人間の大きさの開口部ができる。そこから通廊に出て、大騒ぎが生じているほうへ向かった。ネット・コンビネーションのヘルメットを閉じ、防御バリアを展開。カーブのところまでくると、慎重に前方のようすをうかがう。見つかったらしく、エネルギー・ビームがはしるが、バリアが無力化した。

「やめろ！　《ヒルゴム》を粉々にする気だと思われるぞ」と、叫んだ。銃を発射したのがだれだか、わかったのだ。ヴィーロ宙航士たちである。やれやれという気分だった。

「ペリー・ローダン！」ひとりがいった。「急いでください。このスクラップ船からおさらばしないと！」

7　メッセージ

バディン人の抵抗はたいしたことがなかった。防戦はしたものの、法典ガスに毒された者たちがヴィーロ宙航士の戦術にかなうはずはない。かれらは船の中央エリアにまで後退した。

それでも、この戦いの意味が、ひとえにこちらの注意を一搭載艇のスタートからそらすことにあったのは知っていたらしい。艇は牽引ビームで格納庫のすぐ外に係留されている。わが部隊はハトゥアタニたちをバディン人のところで拘束してから、スクラップ船内部を封鎖し、外に空気が漏れないようにした。機関室エリアをちらりと見ただけで、もう機能するものはなにもないとわかる。リニア・エンジンも重力プロジェクターも動かない。部隊は搭載艇を破壊したのち、主エアロックのところで、ペリー・ローダンを見つけたグループと落ち合った。友が無傷なのを見て、わたしは心の重石がとれた気がした。みなが《エクスプローラー》本体のコミュニケーション・ルームに移動してくる。わたしが最初にペリーを迎えた。

「わが身を案じてくれたのはありがたいが、これからどうする？」と、ペリー。

重要なのはかれが可及的すみやかにゴールに到達すること。つまり、サバルに。その惑星のポジションを、わたしはいまも知らないのだが。

《ヒルゴム》の残骸は置き去りにしてきた。バディン人とハトゥアタノは、自分たちでどうにかして見つけてもらうようにすればいい。そう長く失踪したままではいないだろう。いつか捜索隊が出て発見するはず。だが、さしあたり五段階の衆はかたづいた。

気がつけば《エクスプローラー》部隊はふたたびエネルプシ航行に入っている。ペリーからファラガの言葉について聞かされたわたしは、こう応じた。

「かれがどこかで小耳にはさんだ内容じゃないですかね。とはいえ、ナックとわれわれヒューマノイドを同列に比較することはできない。ひょっとしたら、麻痺ビームの影響下で無意識のなかに、これまで埋もれていた太古の思い出が浮かびあがったのかも。あるいは集合体記憶のようなものか。ま、そんなところでしょう」

「太古の思い出ってのはいいですね」ファジーは意気揚々としている。まるで、自分が最前線で戦ってきたかのような態度だ。飛翔カメラがうつしだした危険シーンの映像をスクリーンで見ているだけなのだが。

そのとき、ふいにペリーが首をそらして上を見た。

「交差する優先路が一本ある。別れの時がきた！」

ヴィーが船を通常空間に復帰させた。交差点からあまり早く遠ざかってはまずいから。友はノードの場所に精神を集中し、そこにふくまれる情報を呼びだす。あらたな情報はほとんどないが、ひとつだけ、かれの心をひどく揺さぶる知らせがあった。アラスカ・シェーデレーアから直接ペリーに宛てたものだ。かれははっとしてこちらに向きなおり、鋭い声を発した。

「アラスカからメッセージだ！　こうある……〝ロワ・ダントンとロナルド・テケナーのシュプールを発見したと思う。追跡を開始する。またのちほど！〟」

「ロワとロン！」わたしは言葉を押しだした。「ようやくの朗報ですな。もうふたりは死んだものとあきらめていたんでしょう、ペリー。だが、忘れんでくださいよ。雑草はけっして枯れることがない！」

友はわたしの肩をたたき、唇を震わせた。目尻の皺が深くなる。なにを考えているのだろう。ゲシールとエイレーネのことか？

「もう行かねば」と、おさえた声で、「ただちにサバルにもどる。アラスカがうまくことをおさめてくれた。友よ、元気で。すぐに再会できるといいが。われわれネットウォーカーは永遠の戦士による悪夢を終わらせる。そのためにはきみたちの力が必要だ！」

かれはふたたび上を見あげた。家に帰りたいと、全身で訴えている。サバルでさらなる情報を手に入れるつもりなのだ。かれがこれまでにもうけた子供たちの顔を、わたしは思い浮かべた。

トーラとのあいだに生まれたトマス・カーディフ。

モリーとのあいだに生まれたマイクルとスーザン。

そして、ゲシールとのあいだに生まれたエイレーネ。

二千年という月日は、相対的不死者のペリーにとってどのようなものなのだろう？

かれはいまも、せいぜい三十代後半くらいの若さにしか見えないが。

「では、また！」と、わたし。別れの挨拶はすでに山の砦ですませている。「グッキーにくれぐれもよろしく！」

ペリーは周囲を見わたした。かれには優先路が見えているのだ。わたしもほかのヴィーロ宙航士も、それを目で見ることはできない。プロセスの一部を認識できるだけで。友の瞳がきらりと光る。と、もうプシオン優先路に進入していた。

われわれにとっては不気味な現象だった。一瞬、かれのからだが透明になったと思うと、やがて消える。そこにペリー・ローダンの姿はなかった。

＊

はじまりはムアントクだった。われわれはそこでシュプールを突きとめ、役だつ情報をガムトサカ兄弟から入手したもの。兄弟は戦士の輜重隊メンバーのことで明らかに立腹しており、ストロンカーとわたしにあれこれしゃべったことをいつまでも後悔していた。だが、捕虜が脱走できないと確信していながら、なにもかもしゃべらない者などいるだろうか？

われわれはボンファイアに向かい、その途中でエルファード船に拿捕《だほ》された。惑星エルファードはエルスクルスからわずか六十八光年。そこでトシンのわたしは死刑を宣告された。ヴォルカイルに救われたのだが、そのかわりにべつのヴィーロ宙航士が犠牲になった。パーランはわれわれの仲間だったが、口がきけない。エルファード人がだれもかれのことを気にかけず、パーラン自身も音声命令で飲食物を手に入れられなかったため、文字どおり飢えと渇きで死んでしまったのだ。

その後、われわれはついにボンファイアに到着。ペリーがあらわれるのを待った。惑星の支配的状況は不透明だったが、やがて永遠の戦士三名の下にある新組織ハトゥアタノが登場したのだった。小規模だが戦闘力に富み、ネットウォーカーを追っているグループだ。

そして気がつけば、われわれはさらなる目的地をめざしている。アブサンタ＝ゴムの銀河北縁のどこかにある、フベイという名の惑星を。

そこに、カルタン人の一派であるラオ＝シン種族がいるらしい。わたしは早く行きたくて待ちきれない思いだった。ホロ・スクリーンに星々がうつしだされ、ヴィールス船が通常空間に復帰したのだとわかると、興奮で手が震えた。なぜか、エスタルトゥ全体に関わる重大な秘密のシュプールをつかんだ気がしたのだ。その秘密は、カルタン人やパラ露と深い関係があるはず。

おそらく、ネットウォーカーとも。

情報ノードがひとつ見つかった。わたしのインパルスに反応するネットコーダーがオンになる。ペリーから聞いた知らせをわたしも手に入れたが、そこにもうひとつ、心臓が跳びはねるほどうれしいメッセージがあった。内容はこうだ。

「これまで見たことないタイプの大型船を数隻、辺鄙《へんぴ》な一寒冷惑星で発見したよ。座標はあとで。ぼかあ、いま関わってる時間がないから、だれかその星系の近くにきたら引き受けて。情報ネット経由で連絡を待ってる。イルトより」

そのあと、座標がつづいた。

わたしはラヴォリーとファジーに、それからほかのヴィーロ宙航士たちに目を向けて、「すこしずつ核心に迫っている！」と、断言する。興奮して大声になったらしく、ラヴォリーが顔をしかめた。

ヴィーが座標を解読。アブサンタ＝ゴム銀河の北セクター、《エクスプローラー》の現ポジションから千四百十一光年はなれた宙域だ。ひとっ飛びで行ける。

わたしはネットコーダーに身を乗りだし、話しはじめた。

「イルトのメッセージを受領した。辺鄙な寒冷惑星に向かう。でぶより」そう記録すると、満足して身を起こす。

「そうと決まったらすぐ出発ですね」ストロンカー・キーンがヴィーロトロンの下でいった。「スタート!」

《エクスプローラー》部隊は通常空間を去り、すぐにまた当該星系の近傍で通常空間に復帰した。スペクトル型G8Vのオレンジイエローの小型恒星を五惑星がめぐっている。われわれの目標は第二惑星だ。

「探知せよ!」船に命じた。

「残念ですが、ブリー」と、ヴィー。「この距離からだと地表の詳細は不明です!」

「だったら、行くしかない!」

意気揚々と仲間たちを見た。全員、顔を輝かせている……ひとりをのぞいて。おかげでこちらの上機嫌もだいなしだ。

「こんどはなんだ?」かっとしてファジー・スラッチを責める。「また虫のいどころが悪いのか?」

相手は無言のまま。わたしはこういった。

「ま、いい。第二惑星の名前を決めたぞ。チャヌカーと呼ぶことにする」

チャヌカーの秘密洞窟

クラーク・ダールトン

1

レジナルド・ブルはとっさの思いつきで、アブサンタ＝ゴム銀河北セクターにあるその小型恒星を〝シャローム〟と名づけた。オレンジイエローの弱い光を五惑星に投げかけているが、これまでまったく注目されたことはない。もっとも外側の惑星は直径六光時の軌道をめぐっている。

ブルが注目するのは第二惑星だ。ネットウォーカーが使う情報ノードのひとつを通じてグッキーが伝えてきた惑星にちがいない。《エクスプローラー》のネットコーダーに保存したメッセージを、ふたたび思い起こしてみる。

「これまで見たことないタイプの大型船を数隻、辺鄙《へんぴ》な一寒冷惑星で発見したよ。座標はあとで。ぼかあ、いま関わってる時間がないから、だれかその星系の近くにきたら引き受けて。情報ネット経由で連絡を待ってる。イルトより」

そこでブルは返答のメッセージをノードに記録したのだった。その謎の宇宙船を調査するため、自分が未知惑星に向かったことがネズミ＝ビーバーに伝わるようにと。

そしていま《エクスプローラー》はエンジンを停止して星系の周囲を浮遊し、惑星のデータと情報を収集している。五惑星のなかで住民がいるのは唯一、第二惑星だけであることはまちがいない。

ブルがつけた名前はチャヌカーだ。かれは収集ずみのデータを慎重に調べてみた。

シャロームからの平均距離は一億三千五百万キロメートル。これは恒星の直径の百二十八・五倍である。比較的、母星に近い位置にあるとはいえ、チャヌカーは快適な滞在環境を提供するほど温暖ではない。地表重力は〇・八七G、直径は一万二百キロメートル、一日はテラ標準時間で十九・五時間だ。

恒星の放射がわずかなため、チャヌカーは恒久的に氷期にある。極地帯から緯度三十八度まではつねに氷におおわれ、それより低緯度地点から赤道までは一年じゅう秋から冬の気候だ。もっとも頻繁に見られる植物相は、さまざまな種類の針葉樹林。《エクスプローラー》の遠距離探知・走査がしめす映像では、赤道付近の南北両側にちいさめの大陸がいくつかある。あとは、大きな大陸がひとつだけ。

そこから発せられる放射があることに、ブルは警戒心をいだいた。チャヌカーに高度技術が存在するという明らかな証拠ではないか。くわしい情報はまだわからないが。

もしそれが事実なら、多少の不安が生じる。チャヌカーの住民がそこまで高度な技術を持つとすれば……そう仮定してしかるべきだろう……とっくに《エクスプローラー》を探知し、こちらの存在に気づいているかもしれない。

そうなると、あらたな問題が出てくる。

そのときだれかが入ってきて、思わずびくりとした。なんのことはない、ボニファジオ・スラッチだ。かれはたいてい〝ファジー〟と呼ばれ、ブルのよき友で副官でもある。そのことをスラッチは機会さえあれば……ないときでも……つねに吹聴《ふいちょう》していた。

「おや、驚かせたようですね！」スラッチはそういうと、にんまりした。いつものように勝手にシートにすわり、「じつに愉快だ。モンスターがきたとでも思ったので？」

「きみがきたんだから……同じことじゃないか？」

スラッチは気を悪くしたようだ。たとえそうでなくても、そう見せるすべを心得ている。すぐに話題を変えた。

「下にあるあの惑星ですが、謎だらけだと思いませんか？」

「思うにきまっているだろう。とりわけ、ペリーから情報を聞いたあとだからな。賭けてもいい。カルタン人と出くわすことになるぞ。たとえかれらが何百回ラオ＝シンに化けようと」

「わたしがあなたの立場なら、そう断言はしませんね。もしかすると、ネコ型種族ってやつはみな似たように見えるのかも。宇宙は生命体であふれてるんですから」

「そのうちわかるさ」ブルは楽観的だ。「まずはなんといっても、グッキーのメッセージにあった宇宙船のことが気になる」そういうと、ひとりうなずき、「もうずいぶんネズミ＝ビーバーに会っていないな。本当にさびしい」

「美しき友情！」スラッチの声には嫉妬《しっと》めいた響きがあった。「いつも旅の途上にある者にはこたえますね」

ブルはホロ・プロジェクションをさししめして、

「必要なデータはすべてそこにある。どう実行するか、そろそろ考えないとな。できるだけ無害な行為に見せる必要がある。けっして疑念を持たれたり、こちらの興味が未知宇宙船にあることを知られたりしてはならん。なにかアイデアがあるか？」

「わたしはアイデアの宝庫ですよ」スラッチはいばってみせたあと、「ただ、だれも聞こうとしないだけで」そういって、映像やデータがならぶホログラムをじっくり見ていたが、やがて首を振った。「だめだ。いまのところ、なにも浮かびません」

ブルは嘆息した。

「わたしにひとつ案があるんだ。かなり悪くないと思う。結局、ほぼ一日ここでうろうろしてデータを集めているわけだから、なにか考えつく時間はたっぷりあった。向こうがこちらをとっくに探知して……待っているのはたしかだろうし」

「待っているって、なにを？」

「われわれが行動に出るのを。まさに、そうするつもりだ」

「なにをするんです？」

「星間自然科学の研究者になりきるのさ」

スラッチはブルを凝視した。まるで、突然かれがウサギに変身したかのような目で。

「なにに……なりきるんですって？」

「どこかの宇宙航行種族に属する、無害な研究者だよ。そうしたことは、宇宙航行する知性体なら織りこみずみのはず。この宇宙に住むのは自分たちだけじゃないと知っているわけだからな。むろん、こちらは五惑星のいずれにも着陸せず、低速で通りすぎるだけだ。そういうやり方でいけば、向こうも手を出してこないだろう」

スラッチは怪訝《けげん》そうにかぶりを振った。

「可能なのは経験上わかりますが、そんなことをしてなにになるんです？　通りすぎるだけで、着陸しない？　コンタクトをとらないので？　いったい目的はなんですか？」

「もちろん着陸はするが、《エクスプローラー》部隊でではないという意味だ。十一セグメントすべて、ただ星系をある速度で横切るだけ……そうだな、秒速一万キロメートルくらいか。ゆうに一週間はかかるだろう」

「なるほどね」スラッチは適当に返し、「全体はどういう作戦なんです？」

「こちらは第二惑星にしか興味がないが、そのことを相手に気づかれないよう、五惑星すべてに無人ゾンデを送りだす。たんに計測目的の無害なものだ。平和目的の自然科学研究に役だてるための計測作業をするということ。理解したか？」

「そこまでは。あとはどうするので？」

「チャンスをうかがい、われわれ、ひそかにチャヌカーに着陸する」

スラッチは見るからに混乱して、

「さっきいったじゃないですか、着陸しないって……」

「《エクスプローラー》を使わないといっただけだ！　われわれ、つまりわたしときみは、計測用の無人ゾンデに乗りこむのさ。見た目ではわからんだろう。相手がゾンデを発見したときには、こちらはとっくに安全なかくれ場にいるわけだ。すべて了解したな、ボニファジオ・スラッチ？」

スラッチはためらいつつうなずくが、おおいに疑っている。

「そううまくいきますかね、ブリー……」

＊

大型ゾンデのうち、四機はヴィールス物質製ではなかった。調査に必要な自動機能の装置類がそなわっているだけで、着陸するとすぐに計測作業を開始する。技術文明種族の者ならだれでも、数分間もポジトロニクスを使って調べれば、まったく無害な物体だと確認することができよう。

五機めのゾンデも、外観はほかの四機と変わらない。内部もひと目だけでは同じに見える。

だが、よく見ると相違点があった。まずわかるのは、外殻の仕切り壁のなかにうまくかくした秘密区画で、技術者たちの努力のたまものだ。かれらが総力を結集して作業するあいだ、《エクスプローラー》は五惑星すべてを通りすぎるコース・プログラミングにしたがい、徐々に星系の最外縁惑星に近づいていた。

「よくやった！」ブルはゾンデを視察して賞讃した。「きみたちの力で、ただのゾンデがまさにミニ宇宙船になった。これなら惑星間航行も問題なくできるな」

「条件つきですがね」特殊ゾンデの専門家である首席技術者H・ベックが釘を刺す。「操縦はこちらでおこないますが、必要が生じた場合の着陸機動はゾンデ内部からも実行できます。すべて組みこんであるので、レジナルド。それから、これが装備のかくし区画で……麻痺銃や糧食などが入っています」

「部外者に気づかれることはあるまいな？」

「壁の内張りが絶縁体の層になっていて、どんなビームも走査機器もはねかえします」

それはブルが強く要求したことだった。チャヌカーに着陸したあと、どれくらい時間があるかわからないから。万一すぐ見つかったら、まずはどこかにかくれることになる。そのあとゾンデにもどればいい。

満足してうなずき、

「よくやった、H・ベック」と、同じ言葉をくりかえす。「数時間後に最初のゾンデがスタートできるよう準備してもらいたい。だが、射出はわたしが命じてからだ。第五惑星は氷の世界でかたい地表を持つが、だれも住んでいない。それだけでもチャヌカーの住民は充分、われわれが生命体を探しているのではないと確信するだろう」

「だといいですが」H・ベックは疑っているようだ。「ところで、この着陸ゾンデの改造手順は記録してあります。いつでも同じものをつくれますよ」

ブルはにやりとして、

「きみのことだから、もちろん鉛筆と紙を使って記録したんだろう……趣味だからな」

「そのとおり」H・ベックは悪びれることなく応じる。「わたしにしてみれば、いわば代償行為ですよ。いまはなんでもコンピュータに保存しますからね。紙に書いてあるほうが……」

「……安心できる、ということか」ブルがあとを引きとった。「じゃ、またあとで。わたしは司令室にいる」

「のちほど」H・ベックはそういうと、ほかの技術者たちに向きなおり、「さて、仕事をつづけよう。やることは山ほどあるぞ」

＊

ボニファジオ・〝ファジー〟・スラッチは成型シートに寝そべって、種々のホロ・プロジェクションを観察していた。いずれも五惑星のひとつがうつしだされている。拡大したものもちいさい映像もあるが、まずは距離感がわかればいい。

ブルが近くにきてすわる。

「ずいぶん策を弄《ろう》したものですね」スラッチは文句をいって、映像のひとつを指さした。「秒速一万キロメートル？　いまはNGZ四四五年の十二月十三日ですよ！　考えられない！」

「それでも、テラ上空でパラシュートや逆噴射装置なしにグライダーから飛びおりたときの速度にくらべたら、まだ速いだろう。その場合は時速二百キロメートルもないはずだ」

「そんなばかなことをしないよう、用心しますよ。ご存じのとおり、わたしはリスクを冒すのが好きじゃない。〝用心はゾウの母〟とかいうでしょう」

「またもめちゃくちゃなおぼえ方をしているぞ、ファジー。古い慣用句はもういいから、最初のゾンデを射出するタイミングをもう一度確認しろ」

「六時間四十三分と二十秒後です。われわれは星系内部に向かっていて、二千キロメートルはなれた氷塊に追いついたのち、それを通過しました。ただし、その距離を《エクスプローラー》は、多少わきにずれるとしても〇・二秒で進むので、射出のさいはそれを考慮に入れる必要が……」

「わかった、わかった、ファジー！　そのことならちゃんと考えてある。ゾンデは放物線を描いて射出されるからな。きみがすべて計算しているのはいいことだ。折りをみてH・ベックにデータを伝えよう」

「二時間ほど目をつぶってもかまいませんか？」

「かまわんよ。キャビンに行くといい」

「いえ、この成型シートでけっこうです。ゾンデ射出のタイミングを見逃したくないので」

ブルは了解してうなずき、ホログラムの観察に専念した。チャヌカーまであとわずか三光時ほど。惑星はいま恒星シャロームの左にあり、半分だけ照らされている。それでも走査によって全体像が描きだされていた。くっきりした映像ではなく幻影のようだが、データそのものは完璧だ。

大気組成はテラとほぼ同じだから、特別な防護処置は必要ない。通常のヒーターつきコンビネーションで充分だろう。それなら軽いし、未知惑星で自由に動ける。

グッキーのメッセージにあった宇宙船を探すが、見つかりそうもなく、ブルは早々にあきらめた。走査機が部分的に未知の放射をとらえており、金属凝集体の存在はわかっているのだが、それだけでは次に進めない。

隣りでスラッチが軽くいびきをかきはじめた。

二時間後、H・ベックが司令室にあらわれ、うとうとしていたブルを起こす。

「着陸ゾンデに関してはすべて順調です、レジナルド。最初に送りだすゾンデも準備完了しました。射出は三時間後だと見ていますが」

「そのとおりだ、H・ベック。あそこのホログラムに第五惑星が見えている。ゾンデはかたい氷に着地せず、雪に埋もれそうだな。いずれにせよ、第五惑星に大気らしきものはないようだ」

「うまくいきますよ」技術者は期待に満ちたようすで去っていった。

＊

ゾンデは格納庫をスタートすると、ただちにプログラミングずみの制動機動に入った。一瞬だけ見ると《エクスプローラー》の近くで動かず浮遊しているようだが、それでも母船と同じ速度で宇宙空間を疾駆しているのだ。

すぐに相対的に静止すると、カーブを描きながら第五惑星……シャロームVに落下していく。

着陸したところはブルには見えなかった。すでにかなりはなれてしまったから。

船はいくらかコースを修正したのち、翌日シャロームⅣに接近。やはり氷惑星で、大きさは中くらいだ。のちのチャヌカー着陸を実際にテストするため、今回はやり方を変更した。全長三メートルほどのゾンデを射出したのち加速させ、それから第四惑星の方向にコースをとるようにしたのである。ぎりぎりのところで思いきり逆噴射をかけて急制動することで、ゾンデがある程度ゆっくり着陸し、白い地表に傷がつかないようにする。

「あんなもののなかにいたくない」スラッチがぶつぶついった。「反動推力でつぶされてしまいますよ」

ブルは遠ざかる惑星を最後にちらりと見てから、相棒の言葉に応じた。

「H・ベックが重力中和装置を組みこんだのを忘れているな。われわれの乗るゾンデがどれほど急加速・急減速しようと、それを感じることはない。心配しないで大丈夫だ」

「それでも生きた心地がしませんね」

「《エクスプローラー》にのこるか？　わたしに同行したいという志願者なら、ほかにもいるが」

スラッチはすっくと身を起こし、ブルに非難がましい目を向けた。

「もちろんいっしょに行きますとも！　きまってるでしょう。なにひとつ心配してませんー！」

真っ赤な嘘だ。基本的にスラッチは、勇気ある男とはとてもいえないのだから。とはいえ、ある状況で芽生えた不安や臆病心を、つねに自暴自棄というまわりくどいやり方で克服している。だから、だれもが驚くようなことをしょっちゅうやってのけるのだ。そのため、かれのひそかな弱みはしばしば、いきなり強みになったりする。

「まる一日は休めるぞ」ブルが沈黙を破った。「時間はたっぷりある。自動アラームで起きればいい」

「眠るのは悪くないですな」スラッチも賛成し、いきなり話題を変える。「あなたにメッセージをのこしたグッキーって、例のネズミ＝ビーバー、イルトですよね。噂はいつも聞きますし、映像も見たことがある。きっとかわいらしい動物なんでしょうね」

ブルの赤い剛毛が心なしか逆立った。

「きみがそのみじかい人生のなかでグッキーに会っていれば、二度とそんなことはいわないだろうよ。宇宙最大のサーカスで見られるようなアクロバットをやらされるぞ。わたしはある意味かれをペリー・ローダンよりもよく知っているから、教えてやろう。あの偉そうな態度は見せかけの仮面にすぎないんだ。たいていの者はなにも気づかんし、そんな連中がグッキーのまずい冗談を笑ったとしても、かれは意に介さない。だが、かれ自身を笑い者にしたら痛い目にあうぞ！　頭で考えるだけでもだめだ」

「そうか、かれはテレパスでもありましたね。残念だけど、出会うことはないだろうな。あなたでもそれほど長く会っていないんですから」

「ネットウォーカーとして宇宙を飛びまわっているからな。しかし、かれにその能力がなければ、われわれがメッセージを受けとってここにくることもなかったわけだ」

「そのほうがよかったかも」スラッチはそういうと、立ちあがった。「いまから寝てきます」

＊

《エクスプローラー》はシャローム星系をゆっくり進んでいく。第二惑星の住民が未知の訪問者に興味を持ったり気づいたりした兆候は、まったく見られない。

しかし、住民がたしかにいて、なんらかのかたちで行動しているらしいことは、放射作用からわかっていた。ただ、それは《エクスプローラー》の出現とは関係がなさそうだ。

十二月十六日、三機めのゾンデが第三惑星に着陸。ここも赤道帯の細い区域をのぞいて、やはり氷に閉ざされている。計測の結果、動植物相はないとわかった。

ひょっとしたら第二惑星の住民が建てた研究施設のようなものがあるかと思ったが、

見つからない。

ブルはH・ベックがほかの技術者たちと共同で使っているキャビンを訪れた。すわる場所を探してから、

「いよいよあすだな」と、いう。「ようやくチャヌカーにずいぶん接近し、詳細もわかってきた。あとはグッキーのいっていた宇宙船だけだが、まだ発見できていない。すくなくとも目視では。ただわたしは、この惑星は本来の意味で居住惑星ではないと踏んでいる。つまり、ただの小植民地か基地ではないかと」

「この寒冷な気候を考えたら、納得いきますね」

「生活に不向きでも高度な文化文明を発達させた惑星は、たしかに存在する。だがチャヌカーの場合は、もともと生命体がまったくいなかったのだと思う……われわれの訪問で驚かせることになりそうな者たちがくるまでは」

「イルトのいっていた宇宙船の持ち主ですね？」

「基本的にはそうだ。建造方式や構造を見れば、たいていは貴重なヒントが得られるもの。ファジーとともに、いくつか探しだしてみたい。相手に見つかることなく」

「もし植民地か基地だとしたら、実際、ついていますね。ただ、相手がかなりの高度技術を持つことは忘れないでください」

「気をつけるよ。万一の場合はゾンデに送信機があるから、すぐに助けを呼ぶ」

「使わずにすむよう祈りますよ」と、H・ベック。「もう一度ゾンデを徹底的に精査します。あなたみずから最終テストをしてもらえますか。そうだな、二十分後に。スタート直前ですが」

ブルは立ちあがった。

「では、二十分後に」そう約束し、自室キャビンにもどる。

連結した全セグメント十一隻の指揮は《アヴィニョン》に引き継いだ。このセグメントには、いずれ重要な任務を引き受けてもらうことになる。

だが、いまはまだその段階ではない。

*

司令室では、いまやチャヌカーのプロジェクションが大きくくっきりと見えている。惑星まではまだ二光分、つまり三千六百万キロメートルもあるのだが。《エクスプローラー》でも一時間はかかる距離だ。

ゾンデ内部の最終チェックを終えたのち、ブルとスラッチは乗りこんだ。内壁が二重になった結果、通常よりスペースはせまい。H・ベックがクッションのきいたカウチシートをふたつとりつけてくれていた。中和装置のおかげで、必要ないのだが。羽目板の奥にある視認塔は、なにより着陸時の方位確認に役だつ。これは必要に応じて継ぎ目のないカバーでかくすことができた。見えないように外殻にとりつけた両側カメラも同様だ。

スラッチがカウチシートを倒し、ハーネスを締める。

「まさに自殺行為だな」と、つぶやくのが聞こえた。

ブルも隣りにすわったが、シートは起こしたままにしておく。そのほうが、数すくない制御装置にうまくとどくのだ。いずれ着陸時に使うことになるのだから。

「いつだって降りていいんだぞ」と、スラッチにいう。

相手はなにも答えない。

「幸運を！」H・ベックの声はいくぶんかすれていた。「スタートまであと二十分。減速度を計算に入れて、到着まで十五分ほどかかるでしょう。そのあいだに探知される可能性もあります」

「覚悟のうえだ」ブルはかれをなだめるように、「だが、探知されたとしても、着陸したゾンデを見つけるまで時間がかかるだろう。そうなるような着陸場所を選ぶよ」

「山脈ですか？」

「すくなくとも、その付近だな」

H・ベックはうなずき、出ていった。

ブルは小型の円形ハッチカバーを内側から閉め、空気と温度調整のスイッチを入れた。

ランプが光る。

ちいさなコンソールにある制御装置はわずかで、当然ながら格納できるようになっている。ブルはいつのまにか、機器類の位置をそらでおぼえていた。スクリーンをオンにすると、H・ベックの心配そうな顔がうつしだされた。格納庫の奥にあるスタート制御装置のところにいる。

永遠とも思える数分間がじりじりと過ぎていく。

すると、H・ベックが手をあげた。とりきめておいた合図だ。

ゾンデは格納庫のエアロックを滑りでた。内側ハッチが閉まり、H・ベックの姿がスクリーンから消える。空気が排出され、外側ハッチが開いた。

ブルもスラッチも振動ひとつ感じないうちに、ゾンデは宇宙空間に出て、ただちに加速。

《エクスプローラー》部隊の十一隻がみるみる遠ざかっていく。

スクリーンにうつるチャヌカーの映像がしだいに大きくなった。夜の側に着陸する予定だ。そのほうが安全に思えるから。

とはいえ、未知なるものへと突撃していくのに、いったいなにが安全だといえるのだろうか？

＊

「どっちを見ても山ばかりだ」スラッチがスクリーンから目をはなさずにいう。着陸予定の主大陸は、まだ闇のなかだ。夜明けの薄明に照らされているのは東端のほうだけ。それでも走査ビームの反射があるので、昼夜に関係なくスクリーンには完全な映像がうつしだされる。「真下にある高台がよさそうですよ」

「わたしもそう思った。掩体になりそうな岩塊があちちにあるし、いちばん目立つ山脈もそう遠くない。かくし区画をすべて閉めてくれ。着陸したらすぐにゾンデから出て、周囲を偵察する」

「なにも持っていかないので?」

「あとで装備と食糧をとりにこよう」

ゾンデはかなりの速度で垂直降下していき、めざす場所からわずかの高度で急制動がかかる。やがて動きがゆるやかになり、着陸した。

「山のあいだに建物が見えた気がしたんですが」スラッチがハーネスをはずしながらいう。「だれかに気づかれていたらどうします?」

「着陸のようすを見られていたのは確実だが、これもやはり無人ゾンデだと思われるだろう。行くぞ。どこか近くにかくれてようすを見よう。じきにだれかがあらわれて、なにが空から降ってきたのかたしかめようとするはず」

ハッチを開こうとして、スラッチが重大なことに気づいた。

「クッションつきカウチはまずいアイデアでしたね。無人の調査用ゾンデに、なんでカウチが必要なんです？」

ブルの口から悪態が出る。

「たしかに！　だれもそこは思いつかなかった。だが、このゾンデは以前に有人の短時間飛行に使われていたという話にできるかもしれん。とにかく、いまさらあれこれ考えても遅い。さ、しばし身をひそめるぞ」

スクリーンのおかげで周囲の景色が頭に入っていたため、すぐに方角の見当はついた。亀裂や張り出しのある巨大な岩壁がある。かくれ場としては理想的だ。たいして時間もかけずに格好の隙間が見つかった。ここからなら、だれにも見られずにゾンデを観察できる。

「なにか音が聞こえました」スラッチがささやいた。声がすこし震えている。「乗り物の音です。無限軌道みたいな」

ブルにも聞こえた。スラッチの隣りで地面に伏せ、岩壁の向こうの暗闇をじっと見つめる。さいわい、星の光がとても明るい。輪郭くらいは判別できそうだ。

たしかに、原始的なつくりの無限軌道車だった。小石が粉砕される音を聞けば、まちがえようがない。ブルの頭に一瞬、とんでもない考えが浮かぶ……もしや相手は、われわれがこの場所にくると知っていて、待ち伏せしたのではあるまいか。

しかし、それはありえない。ただの偶然にきまっている！　もともと低速の乗り物がこれほど早くあらわれたのも、偶然ゆえだ。

かれはその考えが声に出ないよう、用心した。

突然、円錐形の光が闇を切り裂き、その周囲はかえって暗くなった。光は上下に揺れ、ひっきりなしに方向を変えている。乗り物の前照灯だと思えば不思議はない。それが岩の向こう側にあらわれ、そこでとまった。

まばゆい光の円錐が、ゾンデを照らしだす。

しばらくのあいだ、動くものはなにもなかった。ブルとスラッチはかくれ場でじっとしたまま、息をひそめる。ゾンデおよび車輛までの距離は百メートルほど。

やがて、命令を叫ぶ声が響いた。

ブルははっとして身をすくませ、

「ソタルク語……永遠の戦士の言語だ！」と、思わず口ばしる。

光の円錐のなか、複数の姿があらわれ、慎重にゾンデに近づいた。まちがいなくヒューマノイドだ。そのうち一名の顔が偶然にかくれ場のほうを向き、この光景を見守っていたテラナーふたりの目に、ネコのような顔立ちがはっきりとうつる。ラオ＝シンだ。

数分もすると、ラオ＝シンたちはゾンデの開閉メカニズムを見つけだし、ハッチを開いた。しかし、だれひとりなかに入ろうとはしない。ただハッチから機内をのぞきこみ、さっと見わたしただけだ。

ほかの者は投光器を手にゾンデのまわりを一周している。だが、シュプールめいたものを探しているとしても、岩の地面にはなにもないだろう。とはいえ、もしかしたらゾンデにカウチがあるのを怪しまれたかもしれない。

十分ほどして、調査隊はふたたび原始的な車輛に乗りこみ、すぐに方向転換して山のほうへ去った。ごとごとという無限軌道の音も、やがて聞こえなくなる。

「ずいぶんやる気のない連中ですな」スラッチが見るからにほっとしていった。

「わたしにいわせれば、やる気がなさすぎる」ブルの意見だ。

しばらくかくれ場にとどまっていたが、なにも起こらない。

ブルは立ちあがって、

「いなくなったらしい、ファジー。いずれ次の部隊が送られてくるかもしれんが、それまでにこっちは山へ向かおう。《エクスプローラー》が入手したデータによれば、怪しい金属凝集体があるのはそこだ。運がよければ、グッキーが見たという宇宙船が見つかるだろう」

「がらくたを持っていきましょう」と、スラッチがコメント。

ラオ＝シンたちは閉める必要はないと思ったらしく、ハッチはそのままになっていた。基本的にブルよりも細身なスラッチがゾンデのなかにもぐりこむ。まず凝縮口糧の入った袋をとりだした。次に暗視グラスとパラライザー二挺《ちょう》が入った袋、三つめは道具類や日用品の袋だ。

とたんに夜がしらじらと明けそめた。東の空がオレンジイエローに色づき、山の向こうから恒星が昇ってくる。

スラッチがハッチから這いでてきて、ブルのそばを通りすぎた。だが、近くの岩のほうに目を向けたと思うと、動きをとめて立ちつくす。

「まずい！」と、ひと言。

「どうした？」ブルはたずねる。その瞬間、訊くまでもないとわかった。

なにがあったのか、自身の目で見たから。

エネルギー銃で武装したラオ＝シンたちが、岩のうしろから次々にあらわれたのだ。その数、二ダース以上。こちらに致死性の武器を向けている。驚いて立ちつくすふたりに防衛手段はなかった。すくなくとも、これほどの数が相手では。

ブルとスラッチは近づいてくるラオ＝シンに包囲され、逃げられないと覚悟した。装備の袋と武器を奪われ、岩の向こうに追いやられる。驚いたことに、そこに無限軌道車が待機していた。最初の一台が去った音を聞いたのはたしかだから、べつの車輌だろう。

「乗れ！」部隊長らしきラオ＝シンが戦士の言葉で命じた。「早くしろ！」

ブルとスラッチはこの乱暴な命令にしたがうほかなく、乗りこんで床にうずくまった。見張りたちのほうは車輛の両側にしつらえたベンチにすわり、かたときも捕虜から目をはなさず、いつでも発射できるよう銃で狙いをつけている。

「予想できたのに」ブルがつぶやく。

見張りに蹴りを入れられた。これ以上しゃべるなということ。かれは苦い思いで口をつぐんだ。かわいそうに、弱虫で小男の〝副官〟は全身を震わせている。とてつもない不安におびえているのだろう。かといって、スラッチを責めることはできない。ブル自身、高揚した気分とはほど遠いのだから。

敵をあなどっていたばかりに、未熟者のごとく奇襲されてしまった。ラオ＝シンはおそらく実際、ゾンデのクッションつきカウチを見て疑念をいだいたのだろう。立ち去ったと見せかけて、岩のあいだにひそみ、機会をうかがっていたのか。

装備を奪われたことはたいして気にならない。ゾンデのかくし区画にはまだ予備があるから。いつか逃げるチャンスがあれば、またとってこられる。

ただ、それにはまず逃げることを考えなければ。

＊

車輛は無蓋だった。おかげでブルはうずくまった姿勢のまま、外の景色をじっくり観察することができた。主要な目印は頭に入れたので、たとえ夜でもゾンデのもとにたどりつけると確信する。

低い建物がいくつかならんだ場所を通りすぎたとき、その前に反重力グライダーがとまっているのが見えた。これならゾンデをすみやかに発見できて当然だ。それなのになぜ、いま自分たちは速度ののろい無限軌道車に揺られているのか、それがブルには奇妙に思われた。

一時間ほどすると、まにあわせの道が急な登り坂になった。かなり上のほうに家々の屋根が見える。ゾンデの着陸時にスラッチが見た建物だろう。

やがて、広大な卓状地に到着。斜面のところにあるので、巨大階段の一段のようだ。左右両側に草が生い茂るなか、低層の家がゆうに一ダースは建っている。すこしはなれた場所に、ちいさな立方体の小屋があるのが目を引いた。いわばベトン製のさいころだ。頑丈そうな金属扉と、格子《こうし》つきの窓がひとつだけある。

この掩蔽壕《えんぺい》あるいは牢獄へと、無限軌道車は向かっていった。

「外に出ろ！」

前方にすわっていた部隊長が捕虜に合図した。車輛を降りて後部にまわり、銃を突きつけてくる。

ブルとスラッチはおとなしくしたがった。ベンチにすわっていたラオ=シンのうち、二名だけが同行する。

「なぜ、罪人のようなあつかいをするのだ？」ブルは決然と部隊長に向きなおり、「われわれは研究者で、なんら悪意はない。客のもてなし方としては……」

「黙れ！」ラオ=シンがどなりつける。「研究者？　では、おまえたちをここまで運んできたあの巨大船はなんなのだ？　研究ステーションだとでも？」と、皮肉な口調で、「すぐに真実を暴《あば》いてやる。われわれがとりわけ興味あるのは、ほかの四惑星に無人ゾンデを送りだしておきながら、ここにだけ有人ゾンデを着陸させた理由だ。だが、それについてはべつの者が質問するだろう。むろん、すぐにな」

部隊長は歩哨をつとめる二名に合図した。牢獄の金属扉が重い音をたてて開く。

捕虜ふたりに武器を向けて、

「なかに入れ！　逃げようとしてもむだだ。そんなことをしたら命はない。食べ物はあとで持ってきてやる」

ブルはなにかいおうとしたが、その前に扉が鈍い音とともに閉まった。

爪先立ちして窓から外をのぞくと、無限軌道車が出発し、やがて見えなくなるのがわかった。扉の前には歩哨二名が立っている。ただ、かなりおざなりなようすだ。捕虜は逃げられないと確信しているらしい。

スラッチはむきだしの板でできた寝台に横になり、

「困った状況になりましたね、自分たちのせいで。くそ、なんたる失策！」

「悪態をついてもしかたあるまい」ブルがたしなめる。相棒の憤慨する気持ちは痛いほどよくわかるのだが。「実際、壁の厚さが一メートルあるベトンの積み木に拘束されたわけだ。これほどいい牢獄はめったにないぞ。つくりは単純だが目的にかなっているし、パラ性のトリックもない」

「やっぱり《エクスプローラー》にのこればよかった」スラッチが嘆く。

ブルは寝台の反対側のはしに腰かけると、

「弱さは高潔な美徳のひとつで、用心は勇敢さのよき一部。きみがそう考えているのはわかる。だが、ときに度が過ぎる場合があるぞ。きみはいま《エクスプローラー》に言及したな。まさにそのとおりで、各セグメントの船長たち、とりきめたシグナルがこないのをいぶかってなにか行動を起こすはずだ。この穴蔵で死ぬようなことにはならんから心配するな。いずれ解放される。いざとなれば、ラオ＝シンだかカルタン人だかの基地など、セグメント十一隻が結集してかんたんにかたづけるさ」

スラッチはなにもいわずに聞いている。

やがてうなずき、

「あなたのいうとおりですね、ブリー。さっきのはたんなる脱力発作です。だいぶよくなりました」

「いいことだ」ブルはそういうと、うーんと声を出して手足を伸ばした。「やつらがメニューを持ってきたら起こしてくれ……」

「きっとネコの餌《えさ》ですよ」スラッチが不安そうにいう。疲れて空腹だが、あまりのパニックで眠ることも食べることもできそうにない。「扉が開いた隙に逃走できるかも」

「そんな考えは捨てろ」ブルは目を閉じたまま応じ、しばらくすると眠りこんだ。ひとりのこされたスラッチは当然、あれこれ思い悩む。

外では恒星が高く昇っていたが、薄暗い牢獄のなかはまるで暖かくない。コンビネーションのヒーターがなければ耐えられなかっただろう。

扉のところで物音がしたのは、午後も遅くなってからのこと。扉が開くと、武装したラオ＝シンがすくなくとも五名、牢獄の前で半円形にならんでいるのが見えた。それとはべつの二名が、壺ひとつと深皿ふたつを牢獄内に押しこむ。スラッチがなにかいう前に、扉はふたたび閉まった。

好奇心にくわえ、空腹と喉の渇きがかれを動かした。

壺の中身は冷たく新鮮な水だ。きっと山の恵みだろう。深皿ふたつには黄色っぽい粥《かゆ》のようなものが入っている。スラッチはおそるおそる、指を突っこんで味見してみた。スプーンもフォークもないので、そうするしかなかったのだ。ラオ＝シンたちは、ネコみたいに皿から直接食べるということなのだろう。

　ブルが起きあがった。数時間の睡眠で元気をとりもどしている。とはいえ、いまの状況だとあまり役にはたちそうもないが。

「夕食か？　その食べ物はなんだ？」と、訊く。

「食べ物じゃなくて餌です！」スラッチが訂正。「でも、ほかに選択肢がなければ食べられますよ」

　ブルは自分のぶんを受けとり、粥をすすった。液体のように薄いので、そのまま飲める。あとは指でかすりとった。

「ま、これで胃にはなにか入ったわけだ」そういって、死体埋葬人みたいな顔をしているスラッチをなぐさめる。「ところで、あそこのすみにあるたらいは、いったいなんだ？」

　とっくに調べていたスラッチは、友に報告した……たらいのなかに〝いまはまだ〟なにも入っていないことを。さらに疑念を振りはらうべく、こうつけくわえる。

「このなかで、どこかほかに洗面所がありますか？」

　ブルはふたたび寝床に向かった。はしのほうに腰かければ、くつろいだ状態で小窓から外を見ることができる。東の空がすでに暗くなっていた。もうじき夜になるのだ。

「われわれをどうするつもりなのか、知りたいですね」スラッチもすわった。かれは背が低く華奢《きゃしゃ》なので、寝台にふたりいても余裕がある。「質問も説明も、なんにもなし」

「まだこれからだ」ブルがきっぱりいった。「この惑星でなにかが起きているのはまちがいない。相手はわれわれのことを研究者じゃなく、スパイだと思っているわけだ。それ相応の尋問があるだろう。すてきな話を考えだしておかないとな」

スラッチは目を閉じて壁に背中をもたせかけ、

「いまから瞑想します」と、告げた。それから数分もすると、驚くブルを尻目に、副官はぐっすり眠りこんだ。

＊

真夜中近く、ブルは突然、浅い眠りから目ざめた。物音を聞いたように思ったのだ。意識下の深いところで、なじみのある音だったという気がした。とはいえ、それがなんなのかは説明できない。

しかも、自分とスラッチのほかに、だれかが牢獄内にいるのがわかった。小窓から入ってくる星明かりはわずかだが、目はとうに暗闇に順応している。牢獄の中央に動きがあるのも感じとれる。

じっと動かず横たわったまま、考えをめぐらせた。ここに入ってくるという芸当を、いったいだれがやってのけたのか。あの重い金属扉が開いたら、深く眠っていても目ざめるほどの音がするはずだが。

しだいに相手の輪郭がはっきりしてくる。ラオ＝シンではない。ちいさすぎるから。

そのとき、ようやくひらめいた。

さっき聞こえた、なじみのある音……

たしか〝ぽん〟という響きじゃなかったか？

「やっとかよ！」と、よく知っている声がした。「いつからそんなに頭の回転が鈍くなったんだい？」

「グッキー！」ブルはよろこびのあまり、大声を出した。おかげでスラッチも起こされてしまう。「このちびめ、そろそろくるころだと思ったぞ」

「侮辱的な呼び方はやめておくれ、たのむから」

「そういうが、みんなちびと呼んでるじゃないか」

「でもさ、〝この〟と〝め〟はよけいだよ。ところで、隣りにいるのはだれだい？　こんなめちゃくちゃな思考の持ち主、めったに知らないや」

スラッチはいつのまにか完全に目ざめていた。ぼやけた頭でようやくわかってくる。ブルはひとり言をいっているわけじゃなく、第三者と話しているのだ。いままでここにいなかった、だれかと。かれは恐怖に駆られ、寝台のかたすみに逃げこんで全身を震わせた。

「説明してやんなよ、ブリー」と、ネズミ＝ビーバー。「そうしないと、かれ、心臓発作を起こすぜ」

しかし、ふだんはたいてい愚鈍に見えるスラッチだが、このときはちがった。いまや輪郭がはっきり見えているこの第三者は、珍しいほどのぴいぴい声を出し、真夜中に虚無からあらわれて、封鎖された掩蔽壕のなかへ入ってきた……その事実をすべて考え合わせたなら、いくらかれでもわかる。

「グッキー……もっとも著名なネズミ＝ビーバーだ！」

「そのとおり！　きみはずっとかれに会いたがっていたな」と、ブル。寝台から滑りおりて身をかがめると、イルトを抱擁した。「ずいぶん長いこと会えなかった。本当に久しぶりだ」

「あんたのメッセージを見て、どこにいるかわかったんだよ。こりゃまた救世主の出番だと思って、やってきたわけさ」

「くわしい話はあとだ。できるだけ早く、ここからおさらばしたほうがいい」

「そうそう、さっさと逃げましょう」スラッチがうれしそうにいう。

「まかしといて」グッキーがあらぬ方向を指さし、「あのへんの山へジャンプする。ぼくが妙な宇宙船四隻を見つけた場所だよ」

「テレポーテーションって、危険はないんですか？」スラッチは不安らしい。

「気をつけてないと、目的地に着いたら頭が手の位置についてたりするけどね」グッキーは大げさにおどかすが、すぐにつけくわえた。「心配ないよ。なにも起きないって。ぼくがついてるからさ」

正方形の小窓はただの穴で、鉄格子がついているものの、ガラスははまっていない。ブルとスラッチはよろこびと興奮のあまり、扉の外にいる歩哨二名のことをすっかり忘れていた。眠っていたはずだが、牢獄内の話し声で目がさめたにちがいない。

金属扉についた単純な錠前が、かちりとはずれる。

ネズミ＝ビーバーはあわてず騒がず捕虜ふたりの手をとった。扉が開き、歩哨が牢獄内をランプで照らす。そこにはだれもいない。

テラナーふたりはシュプールものこさずに消えていた。

2

レジナルド・ブルとグッキーとボニファジオ・スラッチは二時間かかって格好のかくれ場を見つける。かれらは牢獄からジャンプしたのち、これなら当面は発見されないだろうと思える山岳地帯の難所で実体化していた。

それからネズミ＝ビーバーがあちこち探しに出かけて、ある洞穴《ほらあな》に決めたのだった。現状に照らし合わせれば快適なかくれ場といっていい。とにかく、幸運にも脱出できたあの牢獄よりずっと居心地がよかった。

夜が明けそめてようやく、グッキーはこれまでの経緯をかんたんに報告できた。いまはネットウォーカー用のコンビネーションを着用している。なによりも冷気から身を守るためだ。夜明け前がいちばん寒いから。

イルトは例のメッセージをのこしたあと、一ネットステーションで応答を受けとり、ブルが《エクスプローラー》でオレンジイエローの恒星に向かったことを知ったという。すでに到着しただろうことも。

はっきりした理由はないものの、グッキーはいやな予感をおぼえた。たぶん、未知宇宙船の件があったせいだろう。あれを発見したのは実質的に居住惑星ではないはずだが、最初に思ったほど無害な場所ではなさそうだから。

長く考えることなく、かれは出発した。シャローム星系と交差する優先路がないので、ネット船を使い、いつかとりにこられるよう、船はシャローム近くの空間に〝とめて〟おく。

のこりの距離はテレポーテーションでこなした。

「そんなこんなで、いまここにいるわけさ。でも、できるだけ早くサバルにもどんないと。まだいくつかやることがあるからね」

ブルはなにも訊かないが、重要なことを思いだした。

「ゾンデから食糧をとってきたいのだ。牢獄で食べた粥だけじゃ長くはもたん。ここにいつまでいることになるか、わからないしな。たしかな成果もないままチャヌカーを去ることはしたくない」

「ゾンデの場所ならわかるぜ」と、ネズミ＝ビーバー。「ぼくひとりでとりに行くのがいいと思う。ラオ＝シンがあらわれるかもしんないから」

ブルは了承した。もちろん、スラッチはいうまでもない。やっとテレポーテーションのショックから回復したところなのだ。からだを原子単位に分解され、その後まったくべつの場所で再構成されるなんて、ものすごく勇気がないとできない。だが、頭がちゃんともとの位置についていたので、われらが英雄はすぐに安心する。

〝ぽん〟という音とともにグッキーは姿を消した。

「罠にはまらないといいんですが」スラッチは心配そうだ。

ブルもうなずく。

「そろそろ、われわれが脱走したと気づいたころかもな。とはいえ、どうやって逃げたかについては、しばらく頭を悩ますことになるだろう。いずれにせよ、まともに考えればゾンデを見張らせるはず。だが、グッキーなら心配無用だ。相手の裏をかくべつの方法を考えるさ」

「だれもがそういいますが、噂は話半分に聞いておいたほうがいいですよ」

「ふむ」ブルはそういっただけでコメントはしない。

洞穴を出ると、日中のうちに周囲を見てまわろうと思い、ちいさな台地にのぼってみる。明るい空の下、まわりは高く大きな山々だ。恒星は中天にあり、気温もあがってきた。はるか左のほうでは渓流が谷をはしり、モミの木に似た針葉樹にかこまれた平地に注《そそ》いでいる。

だれも徒歩では近づいてこられそうにない。

この状況なら安心だろう。とりわけ、ボニファジオ・スラッチは。かれはブルの隣り

にくると、

「まさに絶景ですね、ブリー。これほど美しい眺めは久しく見たことがない。この惑星がもうすこし恒星に近ければ……」

そこで突然、はっとなる。背後で物音がしたのだ。

グッキーだった。大急ぎでとってきたらしい品々をすべて地面に落とし、

「もういっぺん行ってこなくちゃ。ネコ生物たち、ゾンデをまさしく包囲してるんだ。だれかが乗りこんで飛び去るんじゃないかって、ずっと見張ってる。あらかじめ上空から土地のようすを調べといてよかったよ、ゾンデ内に直接ジャンプできたから。もう一度やってくる。ラオ＝シンが見張りをするっていったって、外で歩哨に立ってるだけだから気づかれないさ」

そういうと、ふたたび消えた。

「テレポーテーションができたら本当にいいでしょうね」スラッチがうらやましげにため息をつく。

「ひょっとして、きみが実体化したときウサギになってるかもしれんぞ」ブルはそういっておどかし、向こう側の景色をさえぎって連なる山々を見あげた。

あの向こうにいったい、なにがあるのだろうか……？

＊

その日はこれまでのことをのんびりと思いかえす以外にすることがなかった。昼ごろ、すこし暖かくなったのを見はからって、スラッチは近くの小川で水浴びをする。といっても、ほんの数秒だけ。

グッキーはそれを見てぶるっと身を震わせたが、コメントはしない。

ブルは洞穴の前で岩にもたれて日光浴を楽しみながら、未知宇宙船について聞いた話をふたたび記憶のなかから探ってみた。グッキーは曖昧《あいまい》な説明しかしなかったが、その異船がここチャヌカーにあるからには、なにかの役をはたしているはずだ。そのたいらな両長さも幅も非常に巨大で、ひらべったいかたちが目を引いたという。その側がすこしふくらんでいたらしい。

めったにない建造方式だが、十五年前に惑星アクアマリンで発見した難破船もよく似ていた。

おかしな偶然だと、ブルは思った。ここで探知した船の正体はまだわからない。この惑星にも小規模基地や集落があって、それに関連する船とも考えられる。だとしても一隻あれば充分だろう。

つまり、ほかに事情があるのだ。それはなにか？

グッキーがブルのそばによちよち歩いてきた。冷たい水を浴びたスラッチは暖をとろうと、ヒーターのスイッチを入れたコンビネーションにくるまっている。

「あんまし考えすぎちゃだめだぜ」ネズミ＝ビーバーはきんきら声でブルに軽い叱責をこめて、「待ってなよ、いまにもっとわかるから。ここになにか解明すべき謎があるのはまちがいない。でも、急《せ》いてはことをしそんじるっていうだろ」

「まさにそうです」スラッチが震えながら割りこんでくる。「あまり早くしかけると、反撃されますよ」

「比較作業をしていただけだ」ブルはそう答えた。スラッチのコメントにはとりあわずに、「今夜、具体的な行動に出るとしよう」

「ぼくにわかるかぎりだと、あの山の向こうにラオ＝シンの根城があるよ、ブリー。実際、ただの技術施設なんかじゃないぜ。山んなかに適当なかくれ場があれば、昼間でもそこから観察できると思う。でも、最初の偵察は夜にやったほうがいいね。あんたとぼくと、ふたりで」

スラッチが頭をあげて、

「わたしは？」

「きみは洞穴にのこって装備を見張っていてくれ」と、ブル。「それもまた責任重大な任務だ」

「たしかに、そのとおりですね」スラッチは満足げだ。安全な場所にかくれていられるなら、それにこしたことはない。

その日はなにごともなく過ぎていき、恒星が山の向こうに沈んだあとは急速に寒くなった。

ブルとグッキーは夜間偵察の準備をする。装備は持っていかないことにした。そのほうが動きやすいし、ラオ＝シンと出くわすような事態にはならないつもりだったから。

スラッチはふたりに成功を祈ると告げたのち、洞穴のなかに引っこんだ。すぐ手のとどくところにパラライザー三挺を置いておく。なんといっても、かれは用心深い男なのだ。

＊

ふたりが実体化したのは洞穴から直線距離で二十キロメートルほどはなれた、山の反対側にあるちいさな平坦地の上だった。そこはグッキーがあらかじめ目印にしておいた場所で、断崖に貼りついたたいらな石みたいに見える。

ここからなら、すくなくとも日中であれば遠目がきく。ただしいまは夜なので、見えるものといえばみごとな星空と、その光に浮かびあがる山の稜線《りょうせん》がせいぜいだっただろう……もしそこに、あやしげな施設が存在しなかったならば。

それは平坦地のずっと下のほう、広大な窪地のなかにあった。強力な投光器で四方八方から照らされている。そのせいで、かえって周囲が暗く感じられた。

低層の建物がいくつかと、大きなホールが複数あるのが確認できた。なかでは明らかに活発な動きが見られる。すこしはなれた場所にグッキーのいっていた大型船の輪郭があるようだが、照明が当たっていない闇のなかなので、さだかではない。

作業はもっぱらホール内でおこなわれていた。明かりがついていて物音が聞こえるし、あわただしく行き来する人影も見える。

「かれら、思考はしてるね」長いこと超能力で探っていたグッキーが口を開いた。「だけど、断片的にしかキャッチできないからどうにもなんないや。ラオ＝シンなのはまちがいないよ。なにかでかい目的をはたそうとしてる。ただ、それがなんなのかはわかんない。残念だな」

「いずれ突きとめるさ、ちび。朝になって明るいところで見れば、もっとよくわかるだろう。重要なのは、ここでわれわれの興味を引くなにかがおこなわれてるってことだ。そうでなけりゃ、こんな名も知れぬ無意味な非居住惑星でわざわざ活動するわけがない。われわれの出現はちょいと驚きだったかもしれんが、見たところ、それに惑わされてはいないようだな。さ、行くとしよう」

「今夜はこれ以上なにも判明しないね」ネズミ＝ビーバーも賛成した。数時間ほど眠りたい気分だったから。「あとは朝になってからだ」

ふたりは洞穴にもどった。

グッキーは石の上に置いておいた小型投光器を手にとり、スイッチを入れて内部を照らす。その光のなか、ぐっすり眠りこんでいるスラッチがいた。地面にあおむけになり、左右の手にそれぞれパラライザーを握っている。さいわい、安全装置はかかっていた。

三挺めは胸の上に置かれている。なにごともなく。

ブルはかれが目をさます前にと、三挺の銃を引きとった。

「あわてなくていい、われわれだ」

スラッチはサソリに刺されたかのように飛び起きたが、ふたりを見るとほっとしてまた手足を伸ばし、

「なにも変わったことはありませんでした」と、報告。

「こちらもだ。すこし眠ろうと思ってね」

「わたしが見張っていましょう」スラッチがいいところを見せようとする。

ブルは手を振って、

「無理するな。もし洞穴に近づく者がいれば、眠ってたってグッキーが感知するさ」

「それなら安心です」スラッチはそういうと、すぐさま目を閉じた。

岩の隙間を見つけたグッキーは、そのなかでまるくなり、

「かれがいると役にたつねえ」と、つぶやいた。疲れているせいか、その声にいつもの皮肉な調子は聞きとれない。

ブルがまじめな口調で応じる。

「ボニファジオ・スラッチはなかなか利口な男だぞ、ちび」

「まったくそのとおり」スラッチがなかば寝ぼけ声でいった。

3

メイ・ラオ＝トゥオスは仕事場からはなれたところにある自分のバンガローにいて、ネコらしくしなやかな動きで居間を歩きまわっていた。夜勤シフトがはじまり、あたりはとうに暗くなったというのに、眠れそうもない。

捕虜ふたりが謎の失踪を遂げたせいで、心が休まらないのだ……不可能なはずの脱走をどう実行したのか、とにかくその秘密を解明するまでは。そう自分にいいきかせる。

二脚ある椅子のひとつに腰かけて、考えをめぐらせた。あの捕虜たちがほとんど無抵抗で拘束された理由には、推論がふたつ展開できそうだ。こちらの数が優勢だったために恐れをなしたか、あるいは、なにか特定の目的があって捕まることにしたか。

もし後者ならば、脱走するのは意味をなさない。

歩哨二名には彼女みずから尋問ずみだが、たとえかれらが眠りこんでいたとしても、逃げだすのは不可能だっただろう。窓も扉も壊されていなかったのだから。

捕虜のうち、どちらかが超能力者だとは考えられないか……たとえば、テレポーターのような？　いや、それもありそうもない。もしそうなら、最初からさっさと脱出していたはず。

あれこれ頭を悩ませるが、答えは出ない。

メイ・ラオ＝トゥオスは庇護者で、レジナルド・ブルがチャヌカーと名づけたこの惑星におけるプロジェクトのリーダーでもあった。カルタン人のグレート・ファミリーは七つあるが、そのひとつトゥオス家の末裔《まつえい》だ。身長一・七メートル、標準年で三十八歳になる。

いまは白の仕事用コンビネーションを脱ぎ、軽いナイトガウンを身につけていた。部屋のなかは心地よい暖かさだから。コンビネーションはもうひとつの椅子にかけてある。ふつうカルタン人が胸のところにつけている、様式化された渦状銀河のエンブレムは見られない。

彼女はラオ＝シン種族の高位女性たちから託された任務を遂行している。ある異銀河に植民地を建設せよというものだったが、その意味はよくわからなかった。しかも、植民地の存在は極秘にしなければならない。

なぜよりによって、これほど辺鄙な銀河に植民地を建設するのだろう。まったく理解できなかった。とはいえ、それをあれこれ考えるのは彼女の仕事ではない。

メイ・ラオ＝トゥオスの任務はひとえに、二千名のラオ＝シンにきちんと作業させて、プロジェクトを成功に導くことだ。

そんなところに両捕虜の一件が持ちあがったのである。

だが、疑問の答えは見つからない。メイ・ラオのネコの顔に険悪な表情が浮かぶ。パラ露の備蓄も役にたたなかった。彼女はこの貴重な物質を自分で使うためにすこしばかり、あちこちに分散して保管していた……一ヵ所に集中して置くと自然爆燃を起こすかもしれないので。パラ露を使えば、生来そなわっているプシ能力が強化され、それを利用できる場合もときにはある。だが、いまの状況では期待できない。

疲労を感じてはいなかったが、立ちあがってベッドに向かった。横になればいいアイデアが浮かぶかもしれない。とりわけ、わたしのように孤独なら……と、苦々しく考える。二千名の部下のなかで、彼女が心から信頼できる者はひとりもいないのだ。

ベッドに寝て、暗い天井をじっと見つめた。組み立てホールや斜面の人工洞窟からくぐもった作業音が低く聞こえてきて、敏感な耳がそれをとらえる。

それにしても、捕虜のふたりはどこへ逃げた？　どこにかくれている？　ゾンデをずっと見張らせているのに動きがない。ゾンデの周囲やほかの拠点にも捜索隊を出したのだが、成果はなく、捕虜の居場所をしめす手がかりはまったく見つからなかった。

そのとき、あることを思いついてはっとした。これならきっとうまくいく！　なぜいままで考えつかなかったのだろう。逃げた者のシュプールをテレパシー手段でたどればいいのだ。手にパラ露を持っていれば、一定時間のあいだ能力が強まるのだから。

起きあがり、ちいさな玉をひとつガラス瓶からとりだすと、しっかり握りしめてベッドにもどった。より集中できるように目を閉じる。最初はなにもわからなかった……二百名以上いる夜勤シフトの者たちの思考インパルスが入ってくるだけで。それらを慎重にフィルタリングし、どうにか背景音としてぼんやり聞きとれるレベルにまで減衰させる。さらに集中した結果、その背景音も消え去った。

完全にリラックスして自身を解放し、横たわったまま夜の闇をエスパー能力で探った。メイ・ラオ＝トゥオスの特筆すべき長所のひとつは、忍耐強いこと。そうでなければ、とっくにあきらめていただろう。だが、彼女は待ちつづけた。

探る対象が眠っていることもありうる。その場合はインパルスが弱すぎて、とらえられないかもしれない。

距離や方角それ自体は思考インパルスを探るのにあまり関係ないが、ほかの事情が障害になることはおおいにある。とはいえ、あの捕虜がミュータントだとは考えられない。

それでも……どうやって逃げたのか説明がつかないということは……

疑いが心に浮かぶ。だが、彼女はそれをすぐさま振りはらった。

しかし、振りはらったとたん、倍の強さでふたたび疑念が生じ、消えずにのこったままとなる。

そのときだ。ほんの一瞬だが、メンタル性の散乱インパルスを感知した。覚醒状態のラオ＝シンのものではありえない。

まったく異質な未知のパターンである。

パラ露の効果がしだいに薄れてきた。だが、この決定的段階で、ふたつめをとりにいくために立ちあがることはしたくない。しばらくこのままでいなければ。

すると……また未知インパルスがきた！　わかるかぎりでは、さっきのと同じパターンだ。今回はすこし長くつづいたが、やはりなんなのかはわからない。制御されていない散乱インパルスで、生来のミュータントから発したものとしか思えなかった。

驚愕のあまり、疲れもすべて吹っ飛んでしまう……疲れを感じていればの話だが。

警報を発令するべきか？

いや、この初期段階でそんなことをするのはとんでもない誤りだ。未知者を警戒させてはならない。かれを……あるいは、かれらを……罠にかけなくては。ただ、捕虜のどちらもプシ能力を持つような気配がまったくなかった点は謎のままだが。

さらにあと二回、インパルス・パターンを感知。すくなくとも、どちらの方向からくるかはわかったと思ったが、確信はない。確実なのは、インパルスが存在することと、それを意図せず発しているだれかがいることだけ……しかも、そのだれかは生来のミュータントにちがいない。

手のなかのパラ露が消えた。

これでなにも感知できなくなった。だけど、いかなる方策をとるべきかは、わかった事実だけで充分に熟考できる。

そう思ったのだが、メイ・ラオ＝トゥオスは意に反して眠りこんでしまった。

ひどく支離滅裂な夢をみた。この孤独な惑星に存在しない……存在するはずがないものの夢を。

4

「いや、こんどはわたしも行きます！」ボニファジオ・スラッチは何度もそういいはった。かれがいうところの〝第二偵察隊〟に同行すると主張しているのだ。窪地の上にあるかくれ場は絶対安全だと聞いて、勇気と好奇心が湧いてきたのだろう。「ずっとなにもせずにここで待ってるなんて、いやですよ」

「今夜かあすなら、いっしょにきていい。約束するから」レジナルド・ブルがすげなく応じる。「三人よりふたりのほうが見つかりにくいのだ」

「ふたりでなく、ひとりと半分じゃないですか」スラッチはぷりぷりしていたが、グッキーの大声を聞いて思わず身をすくめる。

「もういっぺん失礼なことといったら、倍にして返してやるかんな！」

「わたしはただ、相対的なからだの大きさについて述べただけですよ」

「運がよかったね、ボニファジオ……まったく、なんて妙な名前だい！」

「ファジーと呼んでください」小柄な黒髪のテラナーはそういって、イルトに手をさしだした。

グッキーはその手を握って振ると、

「友情成立！」と、ひと言。それから、ラオ＝シンの窪地の第二調査準備に余念のないブルを手伝う。恒星は南東の位置にあるが、北には雲が湧いていた。前日ほど快適な天気ではなさそうだ。

最後にグッキーがブルの手をとり、おなじみの〝ぽん〟という音とともに消える。そのようすをスラッチは興味深げに見守った。

しばし洞穴のなかで立ちつくし、

「テレポーテーションってのはすばらしい発明だね」と、ひとりつぶやく。「前回はうまくやったんだから……」

そこでふいに口をつぐんだ。まるで、聞かれると思ったかのように。自分が前回なにをうまくやったのかは、だれにも関わりのないことだ。

ボニファジオ・スラッチの行動はつねに完璧とはいえない。しかし、自分が万一だれかに害をおよぼすようなことをした場合、それを挽回するだけの節操は持っている。

「ブリーのいったとおり、わたしはなかなか利口な男だよな」かれは満足げに自己評価した。

ちいさな平坦地は、その後方にそびえる岩壁の陰に入っていた。腹這いになれば、周辺の岩ブロックが格好の掩体となる。ブルとグッキーはその姿勢で窪地を見おろしていた。

＊

さかんな活動のようすがうかがえる。

「ゆうべは宇宙船があるって想像するしかなかったけど、無理もないや」イルトが明らかにほっとしながらいう。「実際、予想にすぎなかったね。ぼくらがそれだと思ったものは、楕円形の開口部だったんだよ。かれら、岩を溶かして洞窟を掘ったんだ。ぼくが前に外の窪地で見た船は四隻ぜんぶ、洞窟のなかにあるぜ」

ブルもすでに発見していた。

巨大な人工洞窟が四つあり、それぞれに十五年前アクアマリンで見つけた難破船と同タイプの宇宙船がおさまっている。アクアマリンのときとのちがいは、ここの四隻がまったく無傷だということ。ただし、ラオ＝シンはこれらを分解しようとしていた。その事実が理解できない。

「いったい、どういうことだろうな？」と、ブル。

グッキーにもわからない。だが、ラオ＝シンがただの遊びで無傷の宇宙船をわざわざ分解するのでないことはたしかだ。あらゆる居住星系から遠くはなれたここで秘密裡《ひみつり》におこなわれている活動の背後には、なにかがかくされている。いまのところ、推測しかできないが。

「下にいるネコたちの思考インパルスもぜんぜん受けとれないや。メンタル・パターンは存在するんだけど。まるで妨害波におおいつくされてるみたいだ。偶然によるものか、意図的なのかはわかんない」

「ここにいても、下のようすは明確にはならないな。かといって、もう一度捕虜になって拘束される気はない。おまえさんが近くにいると知っていても、ごめんだ」

「なにがいいたいかわかったよ」ネズミ＝ビーバーは嘆息して、「ぼくひとりで下にジャンプして、偵察してこいってことだろ？」

「そんなところだ」ブルも認める。

「ま、いいや。たとえ見つかったってたいしたことないさ。ぼかあ、捕まんないからね。あんたはこのかくれ場から観察しててよ。たのんだぜ」

グッキーはそういうと、ふいにブルの隣りから消えた。

友をひとり行かせてしまったことで、ブルは気分がおちつかない。だが、グッキー自身がいったとおり、実際そのほうがいいのだろう。ラオ＝シンがこみいったパラ罠をしかけているとは考えにくいし。異人が……ましてミュータントが……あらわれるなどと、かれらにどうして予測できるというのか？　谷をじっと見おろすが、目立った動きはなにもない。グッキーの出現で鳴りだすはずの警報も聞こえない。

宇宙船がある洞窟にふたたび目を向けてみた。その最終段がいくつあるかは、はっきりわからない。もとは四隻とも多段式の遠距離船だが、最終段を撤去しようとしている。四隻めの船は自由に使おうというのか。三つだけを撤去して、四隻めの船は自由に使おうというのか。なんのために？

論理的に考えれば、答えは明白だ。ラオ＝シンの作業部隊は、宇宙船四隻の部品を使ってあらたな遠距離船を組み立てようとしている。すくなくとも三段式以上のものを。

かれらの目的は？

この重大な質問の答えを、ブルは先送りすることにした。根拠なき推測など意味がない。グッキーがもどるのを待ったほうがよかろう。

いずれにせよ、最初の手がかりはつかめた。

＊

グッキーは狙いさだめたテレポーテーションで、人工洞窟のひとつに実体化した。暗い奥のほうに、岩を溶かす過程でできた窪みがたくさんある。岩石がふたたび硬化したさい、隙間や出っ張りが生じたのだ。そのひとつに身をかくす。ここならさしあたり安全だろう。

ブルが遠くから観察したのと同じ現象を、イルトも目にしていた。ラオ＝シンは宇宙船の最終段をとりはずしている。ほかの部分も撤去してはいるが、かれらにとってとりわけ重要なのはエンジン装置のある段らしい。

りっぱな口髭《ひげ》を生《は》やしたラオ＝シンが一名、かくれ場近くを通りすぎた。その思考をグッキーは探ってみるが、満足する結果は得られない。また例の妨害放射のせいで！

さらにもう一種類、かれにとって障害になる放射が見つかった。プシオン性だ。なんとなく知っているもののような気がする。

非常に不快な放射に、イルトは気をそらされた。

大ホールのなかにある宇宙船から発するものにちがいない。その最終段がいま、反重力プレートを使って飛翔可能な台架にのせられたところだ。そのとき、ラオ＝シンたちが洞窟から大量の機器類を運びこんできた。それを持ってホール内に消えたところを、グッキーはちょうど目撃。

プシオン放射は相《あ》いかわらずの強さで妨害してくる。生来のテレパスにとっても、近くにいるラオ＝シンの思考インパルスを受けとるのさえむずかしい。ただどっちみち、グッキーが多くを知ることはできなかっただろう……というのも、メイ・ラオ＝トゥオスの部下は、自分たちの作業がいかなる目的を持つのか知らないからだ。船の最終段をあらたに組み立てなおすという、純粋に技術的な任務以外のことは。

グッキーはべつの洞窟にテレポーテーションすることにした。そこなら妨害放射もないかもしれない。あいだに岩をはさむことで、ここに存在する放射が弱められ、影響がなくなるといいのだが。

洞窟の規模やほかのデータは四つとも同じだという前提で考え、精神集中してジャンプする。

ほぼ望みどおりの場所に実体化したものの、なにかおかしいとすぐに感じた。あわてて近くの窪みに逃げこみ、できるだけ身を縮める。一瞬だが、再実体化のさいに激痛がはしったのだ。しばらくすると、痛みはしだいにおさまった。

ここでもネコ型種族が作業中で、プシオン放射もやはり存在する。最初にいた洞窟よりもすこし強いくらいだ。

思考を読むことはまったくできない。

あとふたつの洞窟に行ってみるのはやめた。新しい情報は得られそうもないから。それに、船から発する謎の放射が自分の能力に悪影響をおよぼすという感覚をぬぐえなかった。再実体化のときの痛みは忘れられない。

ここから直接、上の平坦地にジャンプしたい。グッキーは似たような状況を思いだし、じっくり考えた。目標を自分の目で確認できたら、成功の確率は高まる。

そのためには、洞窟を出ないといけない。そのほうが妨害放射も弱まるだろう。ひょっとしたら、まったく消えてしまうかも。

船のもとでは二十数名のラオ＝シンが作業中だった。最終段の撤去にすべての注意が向いているため、そばを通りすぎるネズミ＝ビーバーにも気づかない。グッキーはかがんだ姿勢をとり、岩壁に沿って進んだ。そこにも自然の隙間があって、身をかくすことができる。ほっとしたことに、洞窟を出るとプシ放射は期待どおりに弱まった。ただ、洞窟内の船の近くより弱いとはいえ、相いかわらず存在する。それでもグッキーはブルの思考を、ぼんやりとだがとらえることができた。友は岩の地面に腹這いになって気をもんでいる。

イルトはかくれ場から、目の前にひろがる集落を観察した。ラオ＝シンが数名、すぐ近くを通りすぎる。その会話や思考からうかがえるのは、この不毛な惑星が死ぬほど退屈で、作業が気晴らしになっていることだけだ。早くここからおさらばしたいと思っている。

グッキーの目には、ラオ＝シンはいずれも同じに見えた。おまけに、全員が同じ白のコンビネーションを着用しているのだから。

観察結果に満足できないまま、ネズミ＝ビーバーは岩壁の向かい側を見あげ、突出した平坦地に精神集中し、テレポーテーション。

狙いは正確とはいかず、三メートルの高さからどすんと落下してしまった。すぐ前にいたブルは驚いて、ひどく悪態をつきはじめる。

「この下に、とんでもない放射が満ちあふれてんだよ！」グッキーはぷりぷりして、「おかげでこっちの計画はだいなしさ。ラオ＝シンの思考インパルスはおおいかくされちゃうし、ぼくの超能力も効きやしない。だんだん気味が悪くなってきたぜ。あんなメッセージをのこして、あんたをここにこさせたりしなきゃよかったかも」

ブルは谷底から見えない場所まで這ってあとずさると、腰をおちつけた。

「つねに地に足をつけて行動しないとな、ちび。たとえそこが石の地でも。ただテレポーテーションがうまくいかなかったくらいで、あきらめるのか？　さ、下でなにがあったか順を追って聞かせてくれ」

「話すことはあんまりないよ」イルトはそういって、見たものを報告すると、しょんぼりする。「これだけさ」

「それだけでもたいした成果だ」ブルのコメントだ。「どうやら、わたしの仮説が裏づけられたな。かれら、宇宙船を分解して重要部品をとりだし、三段か四段からなる遠距離船を建造しているわけだ。つまり、ラオ＝シンたちは非常に遠い目的地をめざしているということ。三角座銀河ではないかな。ゆうに四千万光年はなれていて、リニア航行では到達できないから。ただ、なぜそこをめざすのかはわからんが」

「いまんとこ、ぼくにはどうでもいいや」イルトはえらく不機嫌だ。「あすとはいわずきょうにでも、ここからおさらばしたい」

「まさか、わたしがここに根をおろす気だと思ってるんじゃあるまいな?」

「あんたもそこまで変わり者じゃないだろ」と、グッキー。平坦地のへりまで這い進み、洞窟と建造物に目を向けて、「ここだと例のプシオン放射はまったく感じない。そうとう有効範囲がせまいんだ。残存放射みたいなもんかな。それがどんどん弱まってる」そういうと、ふたたび這ってもどる。「これ以上ファジーを待たせないほうがいいよ。ずいぶん心配してるから」

ブルはほっとしたように、

「かれの思考をとらえたんだな?」

「ここにいれば、ばっちりさ。でも、下の谷に行くとだめなんだ」

ふたりはなにごともなく、テレポーテーションでかくれ場の洞穴にもどる。そこではボニファジオ・スラッチが気もそぞろに、いまかいまかと帰りを待ちわびていた。

＊

「この洞穴も、最初に思ったほど格好のかくれ場じゃないかもしれません」スラッチはふたりの報告を聞いたあと、そう打ち明けた。「あなたたちが留守のあいだに突きとめたことがありまして」

「なにをしたの？」グッキーが訊く。

「ちょっと周囲を見てまわった……つまり、偵察目的で散歩したんです」スラッチはおちつきはらっていいなおし、「おそらく小川が干あがったものでしょう、自然にできた小道がありました。そのちょうど上方にオーヴァハングを発見したんですが、非常に不安定に見えましてね」

「崩れ落ちてきそうだということか？」ブルが深刻な顔をした。「ならば、べつのかくれ場を探さないと」

「ここにはもう、そんなにとどまらないじゃん」イルトが抗議する。

スラッチは気をそらされることなく、つづけた。

「五百メートルほど右へおりた場所に木が生い茂っています。だれかがわれわれを探しにきたとして、そこなら充分に掩体があるということ。それを伝えたかったんです」

「われわれがここにかくれていると、ラオ＝シンが考えつくかね？」ブルは首を振った。

「ありえそうもないが」

岩壁のすぐそばにうずくまっていたグッキーが突然、いままでに一度もしたことのない行動に出た。ビーバーの太い尻尾《しっぽ》をまるめて引っこめたのだ。そんなふうにすると、尻のあたりに大きなヘビがくっついているように見える。

ブルは驚いて目をまるくした。

「そりゃまたいったい、なんの意味だ？」

「そんなのわかんないよ」ネズミ＝ビーバーが真剣な顔で答える。

ブルはイルトをじっと見て、

「自分のしていることがわからないのか？　その格好じゃ居心地悪かろうに……」

「ちがう。尻尾をまるめるのは〝そんなのわかんないよ〟という意味だってこと。ある休暇惑星で出会った〝尻尾巻き〟に教えてもらったポーズさ。尻尾巻きはちっちゃくてかわいいやつなんだ。イルトほど知性はないけど、たいていのテラナーより賢いぜ」

「また大口をたたいたな。なぜテラナーより賢いとわかる？」

「技術的進化なんてものに背を向けて、おだやかで平和な暮らしをしてるからさ。それがじゃまされるのは、せいぜい観光客がきたときくらいだね」

「ふむ」ブルはそれ以上この話題をつづけることなく、「つまりきみは、われわれがここにいるのをだれかが気づくかもしれないと思うんだな。なぜだ？」

「宇宙にはぼく以外にもテレパスがいるから」グッキーは謙虚に認めた。「勘ちがいじゃなければ、すでにきのう、だれかがぼくの思考を探ってきたよ。もちろん成功はしなかったけどね、あんたと同じで、ぼくもメンタル安定化処置を受けてるから。でも、ラオ＝シンのなかにとりわけ能力の高いテレパスがいれば、すくなくともファジーは思考を読まれる。かくれ場のこともばれちゃうね。それでもここにとどまるほうがいいと思う。いざとなったらいつでも逃げられるんだから」

「なにもかも気に食わんな」あらたな事実が判明しても、ブルはよろこべない。「だがなんであれ、ひとつたしかなことがある。ここでなにが起きているのかラオ＝シンから聞くまでは、チャヌカーを去る気はない。そのために考えられる方策はただひとつだ」

「まったくそのとおり」ネズミ＝ビーバーが賛成した。「ネコ生物を何名か引っつかまえて、ここに連れてこよう。で、徹底的に尋問する。ただし、ほかの者たちに気づかれないようにやらないとね。でないと、ぼくらが追われちゃう」

「だけど、むずかしいですよ。それに危険だ」スラッチが不安げにいう。「このすてきな洞穴がネコ生物の牢屋になる……いったいどうなることやら」

「かれらはお行儀がいいぜ」グッキーがなぐさめた。その顔に陽気な笑みが浮かんだのはずいぶん久しぶりだ。

＊

外が暗くなりはじめる。洞穴で三日めの夜を迎えようとしていた。

朝に降っていた冷雨が霧に変わり、南方から壁のように押しよせてきた。雨よりも不快な気分にさせる。

スラッチはコンビネーションのヒーターを入れてもまだ凍えていた。

「《エクスプローラー》の暖かいキャビンが恋しいな。われわれの船はいまどこにいるんでしょう。通信禁止なんて、本当にいまいましい」

「それは当面、変更なしだ」ブルは手首の多目的装置を慎重になでて、「連絡をとろうなどと考えるなよ、ファジー。通信は非常事態にかぎるというのを忘れてはならん。ところで、《エクスプローラー》は最後のゾンデをとっくに射出したはず。それがどこか星系のはしっこでわれわれを待っていると思うんだが」

「最後のゾンデはよけいでしたけどね」

「それを知っている乗員はいないだろう」

グッキーは洞穴の出入口にうずくまり、ひろがる霧をむっつりと見つめている。と、その顔が急に明るくなった。

「この霧はすごいぜ。ほとんどなんにも見えない。ってことは、ラオ＝シンもおんなじ状況なわけだ。ちょっくら出かけて、だれかさらってくるよ」

ブルがうなずく。

「だが、用心しろ。だれかが、あるいはなにかが、おまえさんの能力に影響をあたえているのを忘れるなよ。それを感じたらすぐにもどってこい」

「心配ないって。ゾンデを見張ってるやつを連れてくる。それがいちばん確実だから」

「食べるものを持ってきてください。じきに食糧が底をつくので」と、スラッチ。

グッキーはなにかよくわからないことをつぶやいた。〝大食い男め〟といったように聞こえる。それからゾンデに精神集中し、ジャンプした。

用心のため、はなれた岩のところに実体化。ここは山の上ほど霧が濃くない。その霧を通してようすをうかがう。ゾンデと、見張り役のラオ＝シン四名が見えた。

コンビネーションを身につけていても寒さがこたえるらしい。四名はなんとかからだを暖めようと、ひっきりなしに走っていた。じつに同情すべき姿だ。

ひとりはすぐに寒くなくなるけどね。グッキーはそう考え、歩哨たちの思考を探ってみた。四名のほかにだれもいないこと、三時間後に交代要員がくることを確認する。つまり、ゾンデ内部にラオ＝シンはいないわけだ。

出入口ハッチは閉じている。

ここはプシオン性の妨害がないので、ゾンデのなかにテレポーテーションするのはわけもなかった。歩哨四名をテレパシーで〝目視〟しながら、かくし区画をゆうゆうと引っかきまわす。ありがたいことに、小規模のエネルギー・カーテンを発生させるミニ・ジェネレーターが見つかった。

「これこれ。あとで必要になるかんね」と、ひとり言。

持参した袋にジェネレーターを入れ、凝縮口糧をいくつかと、特別の贅沢品として缶詰もすこしほうりこんだ。

それから外側カメラを作動させ、スクリーンにうつしだす。

あわれな歩哨たちは相いかわらず輪になって走っていた。すこしでも楽に動くためか、武器は輪の中央、いざとなればすぐに手のとどくところに置いてある。手というのは鉤爪のことだ。かれらの鉤爪はそれ自体が強力な武器で、その鋭さはナイフにもひけをとらない。

そのようすを観察しながら、グッキーは必死に考えをめぐらせた。どうやってほかの者に気づかれずに、ひとりを拉致《らち》しようか。なにがあっても自分のことを見られてはまずい。ラオ＝シンたちにはずっと、ゾンデに乗ってきた侵入者はテラナー二名だけだと思っていてもらわないといけないから。実際、そのとおりなんだけど。

ここに自分がいることは、さしあたり知られちゃだめだ。

半時間後、がまんして待ちつづけたかいがあった。歩哨のひとりがほかの仲間に、数分のあいだ持ち場をはなれて岩の向こうに行ってくると告げたのだ。

やっぱりお行儀がいいんだね。ネズミ＝ビーバーはそう思ってにやりとした。カメラのスイッチを切り、岩の陰にいるラオ＝シンの方位を確認。相手がさしせまった用をすませるまでしばし待ち……ジャンプする。

ラオ＝シンのすぐうしろで実体化すると、すぐさまコンビネーションの襟をつかみ、ふたたびテレポーテーション。こんどは直接、洞穴に向かった。スラッチが金切り声をあげる。ネコ生物が目の前に突然、虚無からあらわれたと思ったのだ。ネズミ＝ビーバーはそのうしろにかくれていて、すぐには見えなかったから。

しかし、予測もできない謎めいたやり方で拉致された者のほうが、ファジーよりもっと驚愕していた。解放されたあとも硬直したまま、その場から動こうとしない。

武器を持っていないことをブルが確認し、捕虜を洞穴の奥へと押しやって、こういった。

「ソタルク語は理解できるな。戦士の言語だ。おとなしくして、逃げようとしたりしなければ、危害はくわえない。わかったか？」

相いかわらずショックで口もきけないようだが、いわれたことは理解したらしい。ブルに押さえつけられても、されるがままになっている。

グッキーが袋から中身をとりだした。いまだに放心状態のラオ＝シンを、かれらは大きめの窪みがある場所に連れていき、エネルギー・カーテンで封鎖する。これでもう逃げだすことはできない。

「まだほかにも拘束場所がありますよ」スラッチが実務的な口調でいった。「次を連れてくるのはいつです？」

「〝自分が〟次を連れてくるのはいつか、それを訊きたいんだろ」ネズミ＝ビーバーがしゃがんだまま応じる。「ま、あわてるなって。まだ一日ははじまったばかりさ」

「夜のほうが見つかりにくいしな」ブルはそういって、自分がグッキーに同行する意思をしめした。スラッチはすぐさま抗議する。

「わたしは断じて、あそこにいるやつと……」そういい、窪みのほうをさししめす。

「ふたりきりになりたくありません」

「捕虜を見張るほうが、捕まえるよりも安全だぞ。まして、ここのは突破不能なエネルギー・カーテンの奥にいるんだから」

スラッチは不承不承ながら、ゆっくりとうなずく。用心は勇敢さのよき一部だと知っているから。

ブルはイルトに向きなおり、

「このいやな天気をうまく利用して、もうひとり捕まえてくれ。歩哨がひとり消えたことで、いずれ騒ぎが持ちあがるだろうが、いまはなにが起きたかわかっていないはず。だが、時間がたつうちにひょっとしたら、かれら、この件とわれわれの脱走を結びつけて考え、正しい結論にいたるかもしれん……つまり、われわれのなかにテレポーターがひとりいるんじゃないかと」

「それはしかたないね」と、グッキー。「でもさ、ラオ＝シンのなかにもすくなくともひとり、テレパスがいるよ。ファジーにあまり重要なことを考えないよう、いっときたいんだけど。メンタル安定人間じゃないからね。たぶん思考を読まれちゃうよ」

「いまから、エンドウ豆のスープのことだけ考えるようにします」スラッチがおごそかに宣言する。グッキーは身震いして、

「急いで行ってくる」そういうと、姿を消した。

5

ゾンデ近くの歩哨一名があとかたもなく消えたと聞いて、庇護者メイ・ラオ＝トゥオスは自分のひそかな疑念が裏づけられたと思った。だが、いまだにはっきりしないことがある。ふたりの捕虜のうち、すくなくともどちらかがテレポーターならば、なぜ着陸後に捕まったりしたのか。

これに対して理屈の通る説明はひとつしかない。三人めが存在するのだ……その者がミュータントということ。

そこまで考えをめぐらせたとき、思考が中断された。つねにスイッチを入れてある通信装置が作動したのだ。小型スクリーンが光って、山中にある小集落をひきいる一ラオ＝シンの顔がうつしだされた。見るからに興奮している。

「要員がひとり消えました、庇護者。捕虜が数日前に逃げだした牢獄をもう一度徹底的に点検させようと送りだしたのですが、帰ってきません」

「調査はしたか？」メイ・ラオ＝トゥオスはおちついて冷静に応じた……あくまでも外

見上ということだが。「その要員は単独だったのか、それとも同行者がいたのか?」

「単独です。大勢を行かせる必要はないと思ったので。ここから牢獄まで数百メートルしかありませんし」

メイ・ラオはうなずき、

「わかった。いずれあらためて指示を出す」

スクリーンが暗くなった。

これでやっと怒りをぶちまけられる。彼女は感情にまかせて、そのへんにあったスツールをこぶしで殴りつけた。だれかがたずねてきたときのために用意していたものだが、スツールを壊すとようやく気がすんだ。理性をとりもどし、論理にもとづく通常の思考回路に入る。

拉致された両ラオ＝シンはどちらも単独だった。一名はゾンデ近くの岩陰で、もう一名は牢獄のそばか、そこへ行く途中で捕まったということ。誘拐犯は明らかにテレポーターで、目撃されないよう細心の注意をはらっている。

これは重要ポイントになりそうだ。そこを手がかりにして作戦を立てよう。家にあるパラ露が決定的な役割をはたすだろう。

メイ・ラオ＝トゥオスは夜間シフトがはじまる前にもう一度、組み立てホールと人工洞窟を見まわり、いまからだれも仲間とはなれて単独行動してはならないとラオ＝シンたちに命じた。つねに二、三名以上で行動させるようにすれば、テレポーターのほうは目撃されずに拉致するのがむずかしくなろう。

いまのところはこれだけやれば充分だ。彼女はそう思い、自宅にもどって休むことにした。

こんどはパラ露をふたつ持ってベッドに入り、目を閉じてエスパー能力を行使しはじめる。

ふたたび一ミュータントの散乱インパルスをとらえたものの、あらたに理解不能なことが生じた。彼女の疑いを裏づけるヒントはないのだが、どうやらこのミュータントはテレポーターであるばかりか、テレパスでもあるらしい。

ほんの一瞬、べつの思考パターンがフェードインしてくる。混乱したインパルスで、テレパスのものではない。ましてミュータントではありえないと、即座にメイ・ラオ＝トゥオスは判断した。弱いインパルスはやがて重なり合い、最後には消えてしまった。

パラ露ふたつの効果が薄れたのだ。

さらにふたつをとってくると、横になって待ちかまえる。

いまのところ、眠りにつく気にはならなかった。

＊

レジナルド・ブルは何度も自問した。カルタン人は……つまりラオ＝シンは、アブサンタ＝ゴム銀河でなにをしているのだ？　三角座銀河と力の集合体エスタルトゥのあいだで活発に船を往来させているのは、どういう目的なのか？

きっと答えを見つけてやる。そう決心した。

ラオ＝シンの捕虜二名はエネルギー・カーテンの向こうでうずくまっている。バリアの出力は最小に絞ってあるため、グッキーが思考を読むのに支障はないし、突破しようと思えばできる。軽い電気ショックを感じるかもしれないが。とはいえ、捕虜たちはそれを知らない。きらめくエネルギーの壁に触れたら死ぬかもしれないと思っているはず。

グッキーはしばらく二名の思考を探ったのち、ブルの質問にこう答えた。

「運が悪かったね。このふたりはただの歩哨だ。ここでなにがおこなわれてるのか、これっぽっちも知らないよ。作業の意味も目的も聞かされてないし、そんなことに興味もない。もっと事情に通じてるやつをさらってこないと」

「だったら、下の谷にいるだれかだな」

ネズミ＝ビーバーはまったく賛同できないらしく、

「危険すぎるよ。それにプシオン放射があるからまず無理だね。見張り役の親玉と一戦まじえることができれば、チャンスはあるかもしんないけど。ただの歩哨より知ってることも多いだろうし」

「ゾンデの近くにあった小集落をめざすってことだな？　無限軌道車がとまっていた場所だ」

「すくなくとも、やってみる価値はあると思う。真夜中まで待ってからだな」

「わたしも行こう」

「ブラスターを忘れないでよ」グッキーも了承し、「もうちょっと眠っとこうぜ。こっちの見張りはファジーにまかせてさ」

イルトは横になって目を閉じてからも、だれかがプシオン手段でそっと自分を探っているのを感じた。ラオ＝シンのなかにテレパスが一名いることがうかがえる。

それでもすべての不安を忘れてぐっすり眠りこみ、真夜中をとうに過ぎたころ、ボニファジオ・スラッチに起こされた。ブルもまた、夢のなかから引きずりだされた。

＊

寒く、星のさやかな夜だった。

小屋が建ちならぶ集落の近くに車輛二台の輪郭がはっきり見える。グッキーは超能力でようすを探り、ブルに合図した。

「ゾンデ近くの歩哨四名をのぞいて、みんな寝しずまってるよ。眠っててもインパルスは受けとれるけど、とっかかりにはなんないね。どうやって親玉を探しだせばいいんだろ?」

「そのうちだれか起きるはずだ。いずれ見張りの交代時刻がくるから」

「システムが変わったかも。そうなったらかわいそうに、ひと晩じゅうゾンデのそばで寝ずの番をさせられるにちがいないよ。でもさ、あの上のほう、小屋の近くにちいさめのバンガローがひとつ建ってる。高位の住人用に見えるな。ひょっとして、上層部のお屋敷じゃない?」

「かもな」と、ブリー。「見てみよう」

ふたりは用心しながらバンガローのすぐそばまで近づくと、一本のモミの木……すくなくとも木には見える……の下で立ちどまった。窓の向こうは真っ暗だ。やはり住人は眠っているらしい。

「夢の断片を探ってみる」ネズミ=ビーバーはささやいた。「この男、恋人のことばっか考えてる。ぼくらが行って首根っこをつかんだら、さぞびっくりするだろうね。かれ、ひとりきりだよ」

そういうとブルの手をとり、一瞬のちには暗い部屋のまんなかに立っていた。闇に目が慣れるまで待ち、ベッドの輪郭と、そこで眠っている者の影を確認する。

グッキーはブルの手を握ったまま、そっとベッドに近づき、身をかがめて……跳びかかった。

目がさめたラオ＝シンは驚愕したにちがいない。自分のベッドに寝ているのでなく、冷たい石の地面にすわっていたのだから……同胞二名にはさまれて。エネルギー・カーテンの向こうには鈍く照明された洞穴が見える。

かれはあまりのショックに茫然として動くこともできず、光るバリアごしにぼんやり見える三人の姿をヒュプノにかかったようにじっと見つめた。ふたりは逃げた捕虜だとひと目でわかるが、三人めは未知生物だ。身長は一メートルほど。

どうやってここにきたのか、かれが必死で頭を悩ませているあいだに、ヒューマノイドふたりとおかしな未知の小型生物は踵《きびす》を返し、洞穴の奥のほうに行った。なにかごそごそやっていたと思うと、からだを伸ばし、眠りこむ。

見張りは必要ないということ。

エネルギー・カーテンがあれば充分だから。

＊

翌日、さらに二名のラオ＝シンが拉致された。しかし、こんどはメイ・ラオ＝トゥオスが怒りの発作に見舞われることはない。その反対で、非常に満足げだった。それもそのはず、理由がある。

予想どおりの展開になったのだ。

組み立て作業の専門家のラオ＝シン二名に命じ、それぞれ別々に、人工洞窟の向かい側にある山へ登らせたのである。カメラつき極小ミニ・スパイにかれらを追わせ、家を出てからの単独行のようすをずっと観察していた……ただし、スクリーンにはどちらか一名の姿しかうつしだせないが。被験者たちの道が別方向に分かれたため、二名の距離はしだいに大きくなる。

メイ・ラオ＝トゥオスの忍耐がためされていた。前日の夜に歩哨のリーダーが消えたときと同じ現象が起きないとしたら、彼女の考察はまちがっていたことになる。リーダーもまた、単独のときに拉致されたのだった。

未知の相手が何名を捕まえる気なのか、もちろん彼女は知らないし、憶測もできない。ただ、自然に考えたならかれらは、この惑星でなにがおこなわれているのか、その理由はなんなのかを知りたいはず。だとすると、事情をよく知る者をさらおうと考えるだろう。

スクリーンを見ると、一番めのラオ＝シンが休憩に入るところだった。道は急な下り坂になっている。下のほうにある小道を行けば、べつの山に到達できるのだ。

ミニ・スパイが二番めのラオ＝シンをうつしだした。命令にしたがって、果敢にもうひとつの谷を走破しようとしている。メイ・ラオは満足して、一番めの専門家の観察にもどった。

その間、わずか十秒ほど。しかし、あまりに長すぎる十秒だった。

さっきまで石の上に腰かけて休んでいた男が、消えている。カメラで周囲をぐるりとうつしだし、映像を拡大してみるが、なんのシュプールものこっていない。

みじかいが強力なプシオン性ショックを感知する。それでもメイ・ラオ＝トゥオスは躊躇《ちゅうちょ》なく、もう一名の専門家に全注意を向けた。こんどこそ、すべてのプロセスを追わなくては。記録装置を作動させる。

まちがいない。テレポーテーションのさいにミュータントがのこすプシオン放射がはっきりわかった。非実体化にともなう衝撃は、誤解の余地のないものだ。しかも、このミュータントは拉致対象をテレパシー手段で探しだしている。

彼女は身をこわばらせた。なにも知らずに歩いている専門家の隣りで突然、空気が明らかにちらつきはじめたのだ。それから、ちっぽけな姿が実体化したと思うと、たちまち獲物とともに消えた。

ふたたびのプシオン性ショック。だが、記録装置でもう一度映像を見た彼女は、このうえなく満足げな笑みを浮かべた。再生速度をめいっぱい遅くしたところ、ミュータントの姿を目にすることができたのである。

これまでに見たこともない生物だ。ヒューマノイドの捕虜二名とはまったく異なる。

おそらく、かれらの補助種族の一員だ。そのなかには多少とも超能力を使える者がいるのだろう。

庇護者は装置を切って代行の男を呼び、自分の計画を伝えた。思い描いたとおりの結果になった場合にとるべき処置を、正確に指示する。彼女の推測では、ヒューマノイドとミュータントのかくれ場は山の向こうだ。車輌やグライダーを使いたくなければ、下のほうにある山道を横断することになる。

メイ・ラオ＝トゥオスはふたたびひとりになると、パラ露の入ったガラス瓶をとってきて、コンビネーションにかくした。貴重な品だから慎重にあつかわなければ。ガラス瓶に入っている量は、全備蓄の三分の一だ。

ミュータントをかたづけるのに、どれくらいのパラ露のしずくが必要になるだろうか。わからない。

準備を終えると午後になっていた。小型グライダーに乗りこみ、谷を浮遊して山道を横切る。岩壁を通りすぎて降下し、木々にかこまれた草地に着陸。

そのあいだずっと、どうでもいいことばかり考えていた。この状況ならパラ露の助けがなくてもテレパスをだましおおせる。生来の能力があれば充分ということ。

　グライダーを降りた。この機は彼女の計画を知る事情通のひとりが、仕事場から遠くはなれた自然のなかを散策して休暇をすごすさいに使っているものだ。

メイ・ラオ＝トゥオスはみずからをおとりにするつもりだった。あらゆる観点から見て、自分の考えた論理的帰結が正しければ、相手は待望の獲物を手に入れようとするはず。

きっとそうにちがいない。彼女は確信していた。

6

捕虜五名に対する最初の尋問はたいした成果がなかった。

エネルギー・カーテンは切ってあるが、ブラスターを向けられていては、逃げだそうという気を起こしたりはしまい。レジナルド・ブルが質問をくりだすあいだ、グッキーが捕虜たちのメンタル・インパルスを監視した。嘘をついたら現場をとりおさえようというのだ。しかし、五名はあまりに内に引きこもっていて、嘘をいうことさえできない。おまけに、プロジェクトの意味も目的も知らなかった。

ブルはがっかりして、ふたたびエネルギー・カーテンを張った。

「最後の二名を拉致したとき、例の放射に気づいたか？　結局、あそこは谷から遠くない場所だったからな」

「気づいたよ。ほんのすこしね」グッキーは認める。「でも、障害にはならなかった。ぼくの超能力が使えないほど放射が強くなるのは船の近くだけみたい」

洞穴の出入口に立って外の眺めを讃美していたボニファジオ・スラッチが、やにわに大声を出した。

「あそこ、木の上をグライダーが飛んでいる！　降下してきます。着陸する気だ」

ブルとグッキーは急いでそばに行った。

単座あるいは二座の小型機だ。パイロットはまばらな木々のあいだを巧みに縫って操縦し、草地の上に着陸した。

「にゃんこだ」と、グッキー。パイロットの思考を読んだらしい。「女ラオ＝シンがひとり乗ってるよ。えらくロマンティックな性格みたいだね。木が美しいとか、草がみずみずしいとか、山の景色がすてきだとか、そんなことばっかし考えてる。なんかのとっかかりになるかな？」

「つまり、あの五名より事情を知っている者かもしれないと？」ブルが確認して、「彼女、単独だな」

そのほのめかしをネズミ＝ビーバーは聞き逃さなかった。だが、警戒すべきだという感覚もおぼえる。女ラオ＝シンの登場と関係があるのだろうか。とはいえ、それはありそうもないという気もした。彼女をさらってきたら、なにが起きるだろう？

捕虜五名と六名とでは大ちがいだ。それに、もしかすると男の同胞よりも彼女のほうが本当に多くを知っているかもしれない。

「よし」と、ふいに決心する。「ロマンティックな夢を破っちゃうけど、ここに連れてくる。あとの準備はまかせたよ」

「きみがラオ＝シンを連れてきたらすぐにバリアを切ろう」

グッキーは下の岩壁のところにいるちいさな姿を確認すると、非実体化した。スラッチがいつのまにか望遠鏡を持ってきて、ブルにわたす。これで遠くの出来ごとがよく見えるようになった。

イルトはラオ＝シンから数メートルの場所で実体にもどると、きちんとお辞儀をした……ブルはあきれてものもいえない。おそらく、危害をくわえるつもりはないことを相手にしめそうとしたのだろう。

実際、彼女はネズミ＝ビーバーがすぐそばにあらわれても恐怖のそぶりを見せなかった。機転をきかせて思考したのだ。ここには美しい森があるから、このかわいらしい生き物は安心してのんびり暮らせるでしょうね……と。

つまり、ぼかあ彼女から見るとかわいらしい生き物なんだね。グッキーはすこし得意になる。いっしょにテレポーテーションしたらびっくりするだろうな。そう思い、気の毒に感じさえした。

心の準備をさせてあげなくちゃ。それが紳士の義務ってもんだろ。

「悪気《わるぎ》はないけど、きみを連れていかなきゃいけないんだ」そう切りだす。彼女も理解したようだ。「テレポーテーションのことは知ってるよね。絶対に危険はないから大丈夫。すぐにグライダーのところへ帰してあげるよ」

慎重にラオ＝シンに近づくと、その肩に手を置いた。

彼女はまったく抵抗しない。この緑の草地に花が咲いたらどんなにきれいかしら……と、思考しただけだ。

本当に変わってる。グッキーはそう思い、洞穴に精神集中して女ラオ＝シンとともに非実体化した。

＊

メイ・ラオ＝トゥオスはさしあたりなにもせず、ほかの捕虜五名とともに、出力を最大にしたエネルギー・カーテンの奥にすわっていた。徹底的に調べられることもなかったので、ガラス瓶のなかにはまだパラ露がのこっている。いまは使う時ではない。

パラ露を持っていたおかげで、ヒューマノイドがテラナーという種族だとわかった。大きいほうのテラナーから、尋問はあすになるという情報もなんなく受けとれた。

自分を拉致したちいさなミュータントがエネルギー・カーテンのすぐ近くにきて、こちらを観察する。彼女は意図的にこう思考してみた。〝バリアがあろうとなかろうと、いますぐおまえの喉もとに跳びかかってやる！〟

ミュータントは反応せず、すぐにほかのふたりがいる場所へ引っこんだ。洞穴の反対側のすみに粗末な寝床がしつらえてある。

つまり、このエネルギー・カーテンは最大出力だと思考インパルスも通さないわけだ。

メイ・ラオ＝トゥオスはほっとして手足を伸ばした。ほかの捕虜たちに計画を伝え、なにがあっても自分の正体を洩らすなと命じる。

それから目をつぶり、眠りに入った。

＊

庇護者代行のカル・メン＝トーはあたえられた指示を忠実に守った。真夜中ごろ、とりきめた通信シグナルがこなかったとき、メイ・ラオ＝トゥオスがすでに数時間前からグライダーのそばにいないことを知る。だからシグナルもこないのだ。

自由意志ではない。つまり、彼女は予想していたとおり、テラナーと呼ばれるヒューマノイドとミュータントの手に落ちたということ。

百名のラオ＝シンが宿舎で武装をととのえ、庇護者代行の出動命令を待っていた。だが時がたつにつれて、謎めいた出動が実行されることはないのではと思いはじめる。フル装備でいつでも出られるようにしているものの、しだいに一名また一名と横になり、眠りこんだ。

やがて警報で起こされる。

カル・メン＝トーがあらわれ、かれらを呼び集めた。

「われらが庇護者は異人テラナーに拘束された」この言葉でラオ＝シンたちはようやく、このめったにない出動準備がなんのためだったのか知ることになる。「命令にしたがい、これから山道を行進する。そこに異人のかくれ場があるからだ。メイ・ラオ＝トゥオスがエスパー能力により確認した。かくれ場を襲い、捕虜たちを解放するぞ」

賛同の声はちいさいもので、部下たちはやる気をあまり見せないが、命令は命令だ。カル・メン＝トーは理解をしめした。かれらの不満も無理はない。いったいなにが起きたのか、くわしい話をまったく聞かされていないのだから。テレポーテーションするミュータントに仲間が次々と拉致されたことも、かれらの士気があがらない理由だった。

庇護者代行はひとつふたつ、部下たちを元気づける言葉をかけると、かれらの先頭に立った。部隊は最後には長い行列となる。車輛やグライダーの使用は、庇護者からかたく禁じられていた。

それには理由がある。各種エンジンから生じるエネルギー性の散乱放射は、眠ったり行軍したりするラオ＝シンの思考よりも容易にミュータントに見つかってしまうからだ。

夜明けごろ、一行はグライダーのところまできた。カル・メン＝トーはとほうにくれる気持ちをおさえる。ここからどう行動すればいいのかわからない。テラナーのかくれ場が山の斜面のどこかにあることしか知らないのだから。そこで部隊に休憩をいいわたし、戦闘準備はつねにしておくよう指示した。

部隊はちりぢりになり、木々を掩体にして休む場所を探した。出動のことはけっして頭に浮かばせず、どうでもいいことだけを考えるよう、きびしく命じられて。

東の空にだんだんと恒星が昇り、気温があがりだす。

カル・メン＝トーは一行からすこしはなれた場所で木の幹にもたれ、山を見あげて考えこんだ。おおいに疑念が湧いてくる。こちら側の斜面はまっすぐに切り立っていて、亀裂だらけだ。どこでもかくれ場になるではないか。はたして探す相手は見つかるのか。

かれはなんらかの合図を待ちつづけた。

＊

外が白みはじめたころ、メイ・ラオ＝トゥオスも目ざめた。きらめくエネルギー・カーテンの向こう、洞穴の奥のほうに、テラナーふたりとミュータントがぼんやり見える。まだ眠っているようだ。

基地の探知センターによると、例の巨大宇宙船はいまも星系内を低速でめぐっているらしい。ゾンデで着陸したテラナー二名をどうやって船にもどすつもりだろう？　そう自問した彼女は、すぐにテレポーターの存在に思いいたった。

あらゆる観点から見て、巨大船内では防衛策を講じていると推測される。なぜなら、かれらはミュータントがこの惑星にいることを知らないはずだから。あの小型生物があらわれたのはまったくの想定外で、計画になかったにちがいない。

動きがあった。大きいほうのテラナーが起きあがり、洞穴の出入口のほうを見ている。夜の休息時間が終わったと判断したようだ。

*

ブルはスラッチとグッキーを起こした。

質素な朝食をとり、捕虜たちにもすこし分けあたえてから、こう切りだす。

「かれらの尋問をどうするか考えている。ひとりずつやるか、全員まとめて聞きだすか。後者はやり方がむずかしいが、答えは早く得られるかもしれん。どう思う、ちび？」

グッキーはエネルギー・カーテンの前に黙ったまま立ち、捕虜たちを見つめた。とりわけ、前の日にグライダーから連れてきた女ラオ＝シンにじっと視線をそそいでいる。彼女から注意をうながすなにかが発せられているのだ。きのうは無邪気な夢想家だとばかり思っていたのだが。

きらめくバリアを通して見るかぎり、こちらの探るような視線にも、彼女は無表情だ。ななめうしろにいるブルのほうを振り向くことなく、ネズミ＝ビーバーはいった。

「このにゃんこ、なにかを発散してる。それがなんだか説明はできないけど。エネルギー・カーテンを最大出力にしていてもわかるんだ。もちろん、装置があっても残存放射はある程度のこるけど、それとはちがう。そんな無害な放射の上に重なってかんたんにおおいつくしてしまうような、なにかだよ。だからぼく、はっとしたんだ」

「もし彼女がテレパスなら……」

「それともちがうね。たとえテレパスだとしても、ぼくがその気になれば彼女のインパルス・パターンを受けとれるはずだよ。向こうがぼくのを受けとるのと同様に。でも、ぼくが受けとってるのは、彼女やほかの五人からくる単独のインパルスじゃない。なにかべつのものだ。弱いけど、エネルギー・カーテンも貫通してくる。バリアを切るときは気をつけたほうがいいぜ」

「しかし、尋問するにはバリアを切らないと」

「音は通すから、バリアごしに捕虜と話ができるかも」

「だが、それだときみはかれらの思考をチェックできまい」

たしかにそのとおりだ。そして、思考チェックなしだと尋問は無意味なものになる。相手はこちらに気づかれることなく、いくらでも嘘がつけるのだから。

ふたりはあれこれ話し合ったのち、とうとうエネルギー・カーテン出力を絞ることに決めた。バリア自体はそのまま存在するものの、効果的な防御にはならない、という程度まで。ただ、そうすれば思考インパルスは通すようになる。

この処置をとる前に、ブルはスラッチに声をかけた。

「ファジー、きみは尋問のあいだ、洞穴のなかにいないほうがいいかもしれん。われわれの見立てだと、この捕虜たち、どうやらテレパシーかほかの超能力を使えるみたいだから。きみも四六時中エンドウ豆スープのことばかり考えてるわけにはいかんだろう。われわれの尋問を聞いてるうちに、気をそらされて、秘密にしたいことをうっかりばらしてしまう恐れがある。すこし散歩してこい。ただし、あまり遠くへ行くなよ。ブラスターを忘れずに持っていけ」

「銃を持たずに一歩だって外に出る気はありません」スラッチはそういって、非常時には必死になって身を守るべく準備万全であるところをアピールした。ほとんどありえないとはいえ、もし本当に外でラオ＝シンと出くわすようなことになれば。

ブラスターを一挺とり、アームバンド装置の小型ハイパー通信機が問題なく作動するのを確認したのち、かれは洞穴を出ていった。斜面に沿って、細い小道を歩きはじめる。

グッキーとブルも同じく武器を手にとった。ネズミ＝ビーバーは捕虜たちに気づかれないよう、テレキネシスを使ってバリアの出力を弱める。するとたちまち、かれらの思考インパルスを、かなり不明瞭ではあるが受けとれた。

だけど、なにかが妨害している……なんだろう？

このとき、メイ・ラオ＝トゥオスのほうはなにも感知できなかった。メンタル安定化処置というものを知らなかったので、なぜ自分のテレパシー能力が使えないのか、理解できずにいる。

あらかじめガラス瓶からとりだしていたパラ露の効果が、すこしずつ薄れはじめていた。ひょっとしたら、投入するのが早すぎたかもしれない。

＊

グッキーは出力を弱めたバリアを通して、謎の放射をますます強く感じとっていた。

そのときふいに、これは下の谷で宇宙船の近くにいたさいに感じたプシオン放射に似ていると気づく。まったく同じものではないにせよ。

ふたたびバリアの出力を強めたが、テレキネシス能力が妨げられているのがわかった。

イルトはブルを洞穴のべつの側に連れていき、「まちがいないよ」と、わかったことを報告。

ブルは考えこみながら捕虜たちのほうを見た。どういう現象なのか説明はつかないが、ひとつはっきりしていることがある。謎の放射は、きのう女ラオ＝シンを捕まえる前は存在しなかった。

実際、この数時間の出来ごとではないか。

ブルはおのれを奮い立たせ、

「なにが起きたのかいつまでも頭を悩ませているわけにはいかない。とはいえ、あの女ラオ＝シンがほかの五名とちがうってことは、まぎれもない事実だ。カルタン人種族のなかでも特殊な存在だろう。つまり、ほかの者より事情通ということ」

「たぶんね」グッキーもそう考えている。「でも用心深くやれば、うまく彼女をあつかえると思うぜ。プシオン放射がいまはずいぶん弱まってきたから。うん、もう消えちゃった。まるで最初からなかったみたいだ。もういっぺん、バリアの出力を絞るよ」

こんどはテレキネシス・インパルスをじゃまするものはない。だからといって、グッキーは安心するどころか、ますます猜疑心《さいぎ》を強くした。これで捕虜が意図的に、好きなときに妨害インパルスを作動できるとわかったわけだから。

この女ラオ＝シンは危険だ。すごく危険な存在だ。

ブルがブラスターを持ったまま捕虜のほうに近づく。

「きみたち、こちらの言葉は理解できるだろう」と、尋問をはじめた。そのあいだ、グッキーは捕虜から目をはなさない。「この惑星でなにがおこなわれているのか、なぜ遠距離宇宙船を建造しているのか、それが知りたい。また、三角座と呼ばれる銀河とエスタルトゥのあいだで尋常ならぬ艦船の往来が見られるのは、どういうわけか？」

ネズミ＝ビーバーは捕虜たちの思考を読むことができなかった。とくに女ラオ＝シンは、ブルの質問についてもその答えについても考えないようにしている。テレパシーで探られるのを拒み、みずからの内に引きこもろうとした。完全に成功はしなかったが。

ブルはじりじりしはじめ、

「答えてもらおう。ここでおこなわれていることと、その理由さえわかったら、きみたちの計画をじゃましたりしないと約束する。われわれ、自分たちの船にもどり、この星系を去るつもりだ。どうかね……？」

だれより答えてもらいたい女捕虜が、また色とりどりの花のことを考えはじめた。グッキーはかんしゃくを起こしそうになったが、がまんする。

彼女は窪みのすみにすわったまま、鉤爪のある両手をコンビネーションに忍びこませた。

音もたてず、ガラス瓶からパラ露をふたつとりだす。

＊

恒星が南中の位置にくるすこし前、カル・メン＝トーは起きあがり、こわばったからだをほぐそうと歩きまわった。わりと暖かい日で、部隊の者たちはみなくつろいでいる。

宿営地のまわりには歩哨を立てておいた。山の斜面を絶え間なく見張り、怪しい動きがあればすぐに知らせるよう、厳命したうえで。

出された命令には文句をいわずしたがうのが、部下たちの習い性となっている。それでもカル・メン＝トーは経験から、いちばんあてになるのは自分自身だとわかっていた。

草地の上にぽつんと着陸したグライダーを見ているうち、あるアイデアが浮かぶ。これでスタートするのは庇護者の命令に背くことになるのでできないが、機内の装置類を利用することまで禁止されているわけではない。

かれは透明キャノピーを開き、ちいさなキャビンに乗りこんだ。

グライダーのあつかいなら慣れている。コンソール操作も問題ない。すこしためらったのち、テレスコープ・カメラをオンにした。それに連動するスクリーンがコンソール上で明るくなる。

ピントは自動調整だが、カメラの方向は手動で操作する必要がある。これもカル・メン＝トーはなんなくできた。とにかく、無意味な待機にうんざりしていたのだ。

長く連なる山脈の映像が入ってきた。

樹木生育限界はずっと下のほうで、そこから上は割れ目や切り通しで分断された岩がちの斜面ばかりとなる。多数の洞穴があるのも、技術機器の助けがなくてもわかる。だが、いまやはっきりした。庇護者のヒントがなくては、自分と部隊が一日じゅう山を歩きまわったところで、どれが正しい洞穴なのか見つけだすことはできまい。

見通しのきかない景色のなか、細かい点を見落とすまいと、ゆっくりカメラを動かしていく。おもな着眼点は当然、いくつかの洞穴だ。テラナーが捕虜を安全にかくまっているのはそこしかないから。

そのとき、はっとした。目のすみに動きをとらえたのだ。カメラをすこしもどす。ピントが調整された。

スクリーン中央に、一テラナーの拡大映像がうつしだされた。とある洞穴の近くの山をゆっくりと慎重に登っていき、ときおり立ちどまっては、探るように周囲を見ている。一度はカメラのほうに目を向けたので、思わずカル・メン＝トーは驚いたが、これほど距離があれば、相手がこちらを発見するのは技術機器がないと無理だろう。

つまり、あの洞穴が正解ということ。このテラナーは監視役なのだ。捕虜のいるかくれ場に近づく者があればすぐに知らせる任務を帯びているのだろう。

あてもなく山道を行進してきたわけではなかったとわかり、カル・メン＝トーはよろこんだものの、同時にがっかりもした。まだなにもできないことがはっきりしているからだ。

進撃するには、メイ・ラオ＝トゥオスからの合図がないと。早まった行動に出れば、庇護者と捕虜たちを危険にさらしてしまう。

かれは心を決めかねて、グライダーにすわったまま待ちつづけた。スクリーンに洞穴出入口とテラナーを交互にうつしながら。テラナーはいつのまにか、さらに山を登り、出入口のほぼ真上にきている。とはいっても、洞穴前のちいさな台地よりかなり標高の高い場所だ。

カメラをすこし引きぎみにした。映像はすこしちいさくなるが、これでテラナーと洞穴を同時にスクリーンにうつしだせる。

テラナーは山歩きをつづけていて、こんどはくだりはじめた。一瞬、斜面の向こうか割れ目のなかに見えなくなるが、ふたたびあらわれ、遠まわりしながらもしだいに洞穴に近づいていく。

出入口に到着。なかをちらりとのぞきこんだと思うと、驚いたようにあとずさった。恐怖をおぼえたのではないにせよ、なにか思いがけないものを見たにちがいない。

カル・メン＝トーはあらためて、カメラを洞穴によせた。恒星光がまぶしくて洞穴内は見通せないものの、影を見たように思った。ぼんやりしていて区別はつかないが、テラナーと、わが同胞のようだ。

疑念と不安でいっぱいになり、山歩きしている監視役にふたたび注意をもどす。男はまた洞穴からはなれて、出入口の真上にある場所へと最速で向かっていった。

あそこでなにが起きているのか、カル・メン＝トーには理解できない。なにを庇護者からの合図とみなすか、これまでまったく把握できていなかったのだ。要は、合図を見落としたということ。

だが、そのあと起きたことが、かれをまたたく間に行動に駆りたてた。

大きくジャンプしてグライダーから文字どおり飛びだすと、木のそばで宿営している部下たちを心地よいまどろみからたたき起こす。

一分もたたずに戦闘部隊は行軍をはじめた。

洞穴へつづく道は急で、そもそもまともな道とも呼べないものである。

岩だらけの干あがった川だ。

「急げ！」カル・メン＝トーが部下を何度も急きたてる。「時間がないぞ……」

そのとき、思いがけないことが起きて、ラオ＝シンの一行はいきなり歩みをとめるはめになった。

7

メイ・ラオ＝トゥオスが立ちあがり、弱められたエネルギー・カーテンのきらめきを抜けて出てきたとき、レジナルド・ブルもグッキーも、とめはしなかった。発射準備のできたブラスターを手にしていたため、それをたのみにしたのだ。

男ラオ＝シンの捕虜五名もこれを見て、バリアを突破できると気づいたらしい。立ちあがり、庇護者につづいて出てくる。エネルギーによる衝撃はあるものの、無害なのでまったく気にしていない。

「とまれ。それ以上一歩も動くな！」ブルは女ラオ＝シンにブラスターを向けた。「わたしの質問に答える気になったのか？」

メイ・ラオ＝トゥオスは部下たちにさがっているよう合図し、ブルに向きなおった。ネズミ＝ビーバーのことはあからさまに無視する。グッキーは強力なプシ放射から身を守るのに必死だった。いきなりまた生じた放射のせいで、超能力がいっさい使えなくなっている。

「そちらの質問は聞こえた、テラナー。囚《とら》われの状態を脱する前に、答えてやろう。ただ、それを聞いてもおまえが満足するとは思えないが。われわれが遠距離宇宙船を建造していることは、すでに自身で解明したはず。われわれ、その船で故郷に帰るつもりでいる。それから、第二の質問についてはわたしも答えを知らない」

グッキーは妨害放射があるにもかかわらず、女ラオ＝シンの言葉は真実だと判断できた。だが、もはやそれまで。そのあと起きた出来ごとに驚かされることになる。ブルの手から、意志に反してひとりでにブラスターがはなれたのだ……まるで、不可視の強い力にもぎとられたかのように。銃はメイ・ラオ＝トゥオスのほうへ漂っていき、これを彼女はしっかりつかんだ。

同時に、すべての思考インパルスが消滅する。抵抗むなしくグッキーもブラスターをもぎとられた。銃は男ラオ＝シン五名のそばに落ちる。一名がそれをひろいあげたが、テラナーに向けることはしない。

イルトは自分より強力なミュータントがいたことに大きなショックを受けた。この女ラオ＝シンにかれやブルの思考は読めないが、自身の思考をブロックすることはできる。おまけに、テレキネシス能力を持っているのも確実だ。

メイ・ラオ＝トゥオスは油断することなく、ふたたび語りだした。

「わたしがみずから囚われの身となったのは、おまえたちを支配下におくため。いずれわかるだろうが、いかなる抵抗もむだだ。一戦闘部隊がここに向かっており、おまえたちを谷に連れていく。そこで自分たちの行動について釈明してもらう」

それを聞いてブルはいぶかしく思った。彼女はボニファジオ・スラッチのことに言及していない。勘定に入れているはずだが……

グッキーのほうはプシ放射と戦うのをあきらめていた……すくなくとも、いまは。この放射は明らかに女ラオ＝シンから発散されていて、下の宇宙船のところで感じたのとまったく同じもの。ところがこのとき、かれはスラッチの思考インパルスをとらえることに成功したのだった。そうしようと考えたわけでもないし、弱く不明瞭なインパルスではあったが。よき友ファジーは洞穴のすぐ前にいるにちがいない。

すると、友の姿を目でとらえることができた。スラッチは驚いた顔をしたものの、すぐに引っこんだのでグッキーはほっとする。かれがあらわれたことに気づいた者は、ほかにいなかった。

女ラオ＝シンでさえ、それを見逃したのである。

なんの不思議もない。メイ・ラオ＝トゥオスの鉤爪のなかにあるパラ露ふたつの効果が明らかに薄れていたのだ。それでも、テラナーとミュータントの動きを封じるには充分だったが。

彼女はイルトのほうに向き、あざけるような渋面をつくると、

「観念せよ、弱き者！　テレポーテーションを使って拘束から逃れようとしても、できないぞ。おまえもすでに気づいたはず」

そのとおりだった。スラッチの姿を見たとき、グッキーはみじかいジャンプで洞穴から出ようとしたのだが、それができずにまたショックを受けていた。この捕虜は……いまは立場が逆転してしまったが……どうして、これほど強力なプシ力を使えるのか？　その力はこの洞穴にきてから出現したようで、それもまた謎だった。さらにこの力が、ほとんど気づかないほどゆっくりとはいえ、しだいに弱まっているのはなぜだ？

メイ・ラオ＝トゥオスは洞穴出入口へと数歩進んでいくと、山の木々がとぎれるあたりに向けて強烈なエネルギー・ビームをはなった。正確に狙いをさだめて発したので、峰をこえてとどき、ひろい範囲で目撃されたはず。そうするあいだも、彼女は捕虜ふたりから目をはなさなかった。

洞穴内にもどり、右手を開いて目の高さに持ちあげる。輝くちいさな真珠にも似た玉が、まるで蒸発したように消えた。そのときグッキーは、純粋エネルギーに転換されたパラ露の衝撃インパルスを感じ、ふいに悟った。探していた答えが見つかったのだと。

だが、かれが行動にうつるより早く、メイ・ラオ＝トゥオスはガラス瓶からあらたにパラ露ふたつをとりだした。たちまち、とてつもないプシ力が復活。

ブルとグッキーは麻痺したようになった。

スラッチはいわれたとおりに、あてどなく山のなかを歩きつづけた。とっぴなことばかり考えながら。これなら捕虜の女テレパスも有用な情報など得られまい。

もう一度、洞穴の上方にあるオーヴァハングまでのぼってみる。すぐに、最初の推測どおりだと確信した。この岩、いまにも割れて下に落ちてきそうだ。たとえ落下しても洞穴内の面々に直接の危険はないだろうが、死ぬほど驚くことになるはず。

いちばん最近とった休暇のことを考えながら、スラッチはさらに歩きまわった。だが、だんだん飽きてきて、すこしだけ洞穴のようすを見にいこうと決める。もう尋問も終わったころだろう。

＊

目撃されないよう、岩壁にからだを押しつけて移動しながら、洞穴前の台地に用心深く入った。洞穴内からかすかに声が聞こえてくるが、なにをいっているのかはわからない。思いきって、出入口の角からなかをのぞきこんでみた。

あやうく心臓発作を起こしそうになる。ブリーとグッキーが武器を奪われて女ラオ＝シンの前に立たされているではないか。ラオ＝シンはふたりに向けていたブラスターを、たったいまおろしたところだ。

それを見ればもう充分だった。ブラスターを手に洞穴内に突撃して状況を好転させようなどとは、一瞬たりとも考えない。史上最強のミュータントのひとりといわれるネズミ＝ビーバーでさえ手が出ないのなら、かれがこの難局を解決できるはずはなかった。

くるりと踵を返し、イルトの視界からはずれる……グッキーはこちらに気づいたにちがいない。スラッチは大あわてで干あがった川床の道をのぼり、息を切らしながらオーヴァハングのところまでもどった。ただ、そこに足を踏みだすことはしない。岩の上でうずくまり、ハイパー通信機を作動。

テレパシー能力を持った女ラオ＝シンが、洞穴内で入れかわった役割をこなすのに夢中で、こちらの考えに気づかないことを祈るばかりだ。

《エクスプローラー》が即座に応答する。

スラッチはストロンカー・キーンにことのしだいを手みじかに報告し、増援を要請した。送信に時間をかけ、船がこちらのポジションを確認できたとわかると、接続を切る。

これでもう自分にできることはない。

それとも、あるのか？

行動を起こそう。そう決めて、オーヴァハングに足を踏みだす。そのとき、この決意を裏づける光景を目撃した。下のほう、樹木生育限界のあたりに、なにかが恒星光を反射して光るのが見えたのだ。じっくり観察した結果、その原因がわかった。

重武装のラオ＝シンが木々のあいだに散らばっている。その数、百名以上。その気になれば洞穴まで半時間で行きつくだろう。

「ますますおもしろくなりそうだ」スラッチはひとりごちる。だがその後、すこし重苦しい気分になった。「悪いけど、こっちはこのいまいましい岩棚が落ちればいいと思ってるんだよ」

地面に寝そべって慎重に観察し、オーヴァハングの弱点を探した。岩棚をふたつに分けるような亀裂が一本、わきのほうから全体にはしっている。ここが弱点だろう。

這いながらすこし後退していき、数分かけて、まさにもとめていたものを見つけた。ちいさな窪地だ。下のほうから風に吹かれて種が飛んできて、この場所に落ちたにちがいない。そこに格好の地層があったため、大昔に種が芽吹いたのだろう。とはいえ、きびしい気候条件のせいで完全な生長がさまたげられて大樹には育たず、せいぜい高さ三メートルの木になったわけだ。それでも幹は強く折れにくいはず。

スラッチは窪地におりていくと、ややうしろめたい思いをいだきつつ、草とみすぼらしい藪しかないこの場所でただ一本の樹木をブラスターで切り倒した。

必要な道具は持っていたということ。

すぐオーヴァハングにとって返し、腕の太さの幹を隙間にさしこむと、渾身の力をこめて反対側に体重をかけた。幹はたわむものの、折れることはない。

すこしずつすこしずつ、ゆっくりと亀裂がひろがっていく。永遠に思えるほどの時間が過ぎて、岩棚の反対側が下方向にかたむきはじめた。それが突然、破裂したように分断され、恐ろしげな轟音《ごうおん》とともに墜落していく。

岩棚の一部が音をたてて砕けちり、洞穴出入口の前の台地に榴弾のごとく降りそそいだ。のこった岩も雪崩《なだれ》のように斜面から滑り落ち、涸《か》れ川の小道を埋めつくす。そのあとラオ＝シンの一行にも迫っていったが、さいわい、かれらはすこしはなれた場所にいて難を逃れた。

ラオ＝シンの部隊が出発を命じられた、その瞬間だったのだ。

スラッチのほうは、この状況でできる最善のことをする。洞穴上方にのこった岩棚のところにとどまり、ブラスターを発射モードにしたまま、下の台地のようすをじっと見守った。

いまや、なにかが起きたにちがいない。

＊

メイ・ラオ＝トゥオスは満足げだった。敵の反応が、このチャンスをものにできるほど速くなかったことがはっきりしたから。なにより、二度めのパラ露投入のタイミングがよかったおかげだろう。数秒前まで左手に持っていて、すぐにとりだしたのだ。

パラ露……それこそ、グッキーが谷にある宇宙船四隻の近くで感じた残存放射の正体だった。ラオ＝シンたちはあの船でパラ露を輸送していたのだ。どこへ運んだのかはわからない。それを質問する時間もいまはなかった。

「わが戦闘部隊に合図を送った」女ラオ＝シンが勝利を確信して告げた。「すぐにここへやってくるだろう。それまで、おまえたちはわたしの手の内だ」そこで急に、いままで忘れていたことに思いいたる。「もうひとりテラナーがいたはず。どこに行った？」

パラ露があってもグッキーとブルの思考を読めなかったことが、運のつきだった。そこで彼女は……捕虜ふたりにプシオン性の影響を直接あたえることだけにパラ露の力を使うべきだったのに……それまでしそこなっていたことをする。

エスパー能力を使ってスラッチの行方を追ったのだ。

そして、見つけた……だが、時すでに遅し。

名状しがたい轟音とともに岩棚が大地に落下して、無数の破片が砕けちった。ほとんどは斜面のほうに転がっていったが、洞穴内にもいくつか飛んでくる。それでも負傷者は出なかった。

ブルとグッキーは女ラオ＝シンの支配力がほんの数秒、失われたのを感じる。こんどはふたりとも即座に反応。

ブルはメイ・ラオ＝トゥオスに跳びかかり、銃をとりかえして武装解除した。ほかの捕虜五名に対しても同じく戦闘力を奪い、無力にする。

こうして危険のなくなった女ラオ＝シンの鉤爪をなんなく開くと、そこには真珠くらいの大きさの透明な玉がふたつあった。玉は石の地面に落ちて転がり、だんだん消えていく。プシ・ショックを引き起こすこともない。ブルはメイ・ラオ＝トゥオスの白いコンビネーションを探ってガラス瓶を見つけだすと、自分の服のポケットにしまった。

「さて、これでまともな話し合いができそうだ」と、なかば麻痺状態のラオ＝シンたちにいう。

返事がない。「おまえさんも満足だろ、グッキー？」グッキーはいなくなっていた。

＊

ネズミ＝ビーバーはふたつのことに同時に気づいた。ブルが最大限にチャンスを利用してラオ＝シン全員を無力化したことと、スラッチの思考をとらえたこと。それで、岩の落下を引き起こしたのはかれだとわかる。だが、パラ露の作用が消えてなんなく使えるようになった超能力であたりを探ってみたところ、いま肝心なのは、相当数のラオ＝シン部隊がこの洞穴に向かってくることだった。

いちばん近くでとらえたインパルスを方位確認したのち、ブルになにも告げずにテレポーテーションする。

狙いどおり、行軍中の部隊のどまんなかに実体化。

ネズミ＝ビーバーの外見はまったく恐ろしいものではない。それでもいきなり虚無からあらわれたら、相手は大騒ぎだ。すぐそばにいた者たちは、雷が落ちたかのように逃げまどった。

だれかが武器を向けようと思いつく前に、かれはふたたび姿を消し、こんどは数十メートル先のべつの場所にあらわれた。

そこでもパニックが起きるが、部隊長が鶴のひと声を響かせて騒ぎをしずめる。

カル・メン＝トーはすぐに気づいたのだ。この予期せず出現した者はちびミュータントにちがいないと。かれの外見は庇護者からくわしく聞いていたから。メイ・ラオ＝トゥオスはそのミュータントに拉致されるつもりだといっていた。

「ちびを撃て！」部隊長は大声をあげ、自分も武器をかまえた。部下たちに手本をしめそうとしたのだ。ところが、まるで見えないこぶしにたたかれたかのように、銃が鉤爪から落ちる。

これははじまりにすぎなかった。

グッキーのほうは、大昔の記憶が意識下にのぼってくるのを感じていた。あれはまだ太陽系帝国の黎明期、ブリーとの友情がはじまったころのこと。冒険物語を描いた絵本がいくつかあったのだ。ユーモラスな誇張をまじえた傑作ばかりで、そのなかに魔法の飲み物のおかげで敵に勝つ英雄の話があった。侵入してきた敵軍を左手一本でやっつけたという……

一瞬の火花のような記憶が、イルトに火をつけた。

ラオ＝シンたちはなにが起きたのかわからない。ふいに部隊メンバーが数十名、同時に地面から浮きあがり、ふわふわと上空を漂いはじめる。ほとんどの者は驚いて武器をとりおとし、その後は不思議なことに、地面に向かってゆっくり降下していく。一方、意地でも銃をはなすまいと握りしめて下をうかがっていた者は、いきなり自分の体重がもどってきたせいで、かなりの高さから落下することになった。数名は足をくじいてしまう。

この混乱がおさまると、カル・メン＝トーはもうがまんできなくなった。怒り心頭でふーっと威嚇《いかく》の声を出し、ミュータントに跳びかかろうとする。そのままだったら、イルトの目の前に着地していたはず。

ところが、グッキーはその意図を読みとった。

部隊長は、恒星シャロームの第二惑星でいちばんすごい曲芸師に変身していた。矢のような速度で空に上昇したと思うと、驚く部下たちの視界から消え、それからいきなりみごとな宙返りを見せて、目眩《めまい》がするような深みにそのまま急降下していく。

それから低木の上、三メートルばかりのところをたくみに滑空し、半キロメートルほど行ったところで、最後にはモミに似た棘《とげ》だらけの木の梢に着地した。

そのまま、用心深くそこにとどまる。なにが起きたのかとほうにくれる部下たちを、卑怯にも見捨てたということ。部下も指揮官も、まったく勇気を失っていた。

グッキーはこの結果に満足し、痛めつけられた部隊の思考を探ってみた。洞穴に進軍しようと考える者はもういない。このちいさな獣に武器を向けようと考える者も、もちろん皆無《かいむ》だった。この相手はおいしい肉を提供する動物を思いださせるし、それよりもちびなのだが。

しかし、部隊のなかに不注意な者が一名いたらしい。というのも、一ラオ＝シンがまたもや空中遊泳をさせられ、みごとなカーブを描いたのち、木々のあいだのどこかに落ちたから。

もう充分だった。ラオ＝シンたちは叫び声をあげて武器をほうりだし、やる気まんまんでやってきた小道のほうへといちもくさんに逃げていく。

グッキーはにやりとしてそれを見送り、テレポーテーションで洞穴にもどった。相いかわらずブルが勝利者のままだ。

そのとき、スラッチが洞穴内に入ってきた。

「さて、友よ。わたしの活躍ぶりはどうでした？」と、満面の笑みで、「岩雪崩を巻き起こし、敵の部隊を蹴ちらし、《エクスプローラー》に増援を要請し……」

「なにをしたって？」ブルがさえぎる。

スラッチの笑みが当惑したような感じになった。

「ええまあ、ラオ＝シンの部隊を蹴ちらしたのはわたしというよりグッキーの功績ですが、でも……」

「《エクスプローラー》に連絡しただと？」ブルが興味あるのはそこだけらしい。「通信はいっさい禁止だとかたく命令したはずだが」

「だって、あなたがた、出入口付近でブラスターを向けられていたんですよ。これは非常事態じゃないので？」

「ぼかあ、ファジーのしたことは正しいと思うぜ」グッキーが割りこんだ。「あのあとぼくらだけで難局を乗りきれるなんて、かれにわかったはずないだろ？　それに、知りたい情報は手に入れたじゃんか。谷にある宇宙船はどっかにパラ露を運んだんだ。残存放射が証拠さ。で、そのパラ露は遠距離船の建造に使われてる。いちばん重要なのは、ラオ＝シンが……カルタン人でもいいけど……この銀河でかなり目立つ動きをしてるってこと」

いまやグッキーは庇護者の思考がなんなく読めるので、この説が正しいとわかった。

ブルのほうは通信機のスイッチを入れて《エクスプローラー》を呼びだす。ただちに司令室が応答。セグメント一は十一隻の部隊から離脱し、惑星チャヌカーにコースをとったという。

ブルはことの次第をみじかく報告し、軌道にとどまるよう指示した。グッキーがいるので搭載艇は送らなくていいと告げる。

「で、この者たちはどうします？」スラッチがメイ・ラオ＝トゥオスと、同族の男ラオ＝シン五名を指さした。ブルは答えるかわりに庇護者のほうを向くと、

「わたしの知りたいことがわかったなら手出ししないと約束した。その約束は守ろう。きみたちは自由の身だ。下の木のそばにあるグライダーまで行けば、安全に帰還できるぞ」

メイ・ラオ＝トゥオスはなにもいわないが、明らかにほっとしたようすで洞穴を去った。ほかのラオ＝シン五名もつづく。しばらくして、かれらは涸れた川床に到達し、木々の生えている場所まできた。グライダーのところまで行って通信装置で谷の基地に事情を知らせるには、まだゆうに半時間はかかるだろう。

8

レジナルド・ブル、グッキー、ボニファジオ・スラッチの三名は洞穴を出て、まだ恒星光ですこし暖まっている岩の台地に腰をおろし、《エクスプローラー》から軌道に到達したという確認がくるのを待った。ビーコンひとつで、確実に船内にテレポーションできるだろう。

ずっと下のほうでは、解放されたラオ＝シンたちが落下した岩のあいだを縫って、道なき道を進んでいた。思ったより時間がかかっている。

スラッチは仰向けになって目を閉じた。ほどなく眠りこんでしまう。

イルトのほうはあたりに耳をすませているようだ。なにも聞こえず、天国のような静けさがひろがっている。その静寂を、かれは世俗的なやり方でぶち壊した。

「ファジーってば！」いきなり深刻な口調をよそおって声をあげたのだ。うまくいったとはいえないが。「もう終わって解決したんだぜ、ぜんぶ……いや、ほぼぜんぶ。なのにいつまでエンドウ豆スープとか、ばかなことばっかし考えてんだい？」

ブルがなかば夢うつつで、にやにやする。心の平穏をうつすような表情だ。

スラッチは一瞬、目を開けたが、すぐにまた閉じて、こういった。

「テレパスといっしょにいるってのは恐ろしいものですね、まったく。エンドウ豆スープはわたしの好物なんです。濃縮液にするとひどい味ですが。たのむから、このままエンドウ豆の夢をみさせてくださいよ」

グッキーは嘆息して、もうなにもいわない。ところが、ふいに起きあがると、肘でブルの脇腹をつつき、

「宇宙のすべての虫食い穴にかけて！　あやうく忘れるところだった！」

ブルは驚いて飛び起きた。その顔からたちまち心の平穏が消え去る。

「なにごとだ？　なにを忘れるところだったんだ？」

グッキーが急いでなだめる。

「いや、悪い知らせじゃないよ。エルンスト・エラートのことさ。かれをまだおぼえてる？」

「あたりまえだ！　ばかなこと訊くな。エラートがどうした？　かれはたしか……」

「いなくなった！　どこに行ったかは、惑星トラムプの神のみぞ知る！」

「エラートがどうしたんだ？」ブルはさっきの質問をくりかえす。

ネズミ＝ビーバーはしばらくなにかを思いだすようなそぶりをしてから、

「たしか一カ月ほど前だった。どっかのネットステーションでプシオン・インパルスを感知したんだ。とくに強いものじゃないけど、ある程度は理解できた。ものすごく遠くから発信されたにちがいないって、すぐわかったよ。メッセージにもそうあったし」

「メッセージだと？」

「ま、おちついて、親友。インパルスがきたのはほんの十秒か十五秒だったけど、エラートからだと文句なしにわかった。ぼかあ、かれのパターンならよく知ってる。だって、ほんとに独特だかんね。ほかのパターンはたまに、とっても似ててまちがえそうになったりするけど」

「早くメッセージの内容を教えろ！」

「なるべく忠実に再現してみるよ。〝大嫌いなヴィールス体をついに捨てた。意識存在にもどり、また自由の身だ。いまはきみたちから遠くはなれたべつの時空にいる。このメッセージを受けとれるのは有能なミュータントだけだろう。いずれ折りをみて、きみたちのもとへ帰る〟……こんな内容だった」

このときスラッチも夢からさめ、そのまましずかに横たわっていた。当然かれもエルンスト・エラートとその運命については聞いたことがある。かつてのテレテンポラリアーはNGZ四二八年十二月、最後のクロノフォシル〝エデンⅡ〟を準備するために出発したきり、行方不明となっていた。

ブルがもったいぶった口調でゆっくり訊く。

「そのメッセージを送ったのがエラートだというのは、本当にまちがいないのか？」

「絶対にたしかだよ！」

ブルはため息をついて、

「エルンスト・エラート！　もう二度と消息を聞くことはないかもしれんと思いはじめたところだった。これであらたな希望が生まれたな。かれがあのヴィールス体を気にいらなかったのは周知の事実だ。捨てようと思ったのも無理はない」

「また連絡してくる日が楽しみだね」と、グッキーが締めくくった。

＊

ラオ＝シン六名は樹木生育限界にやってきていた。すぐグライダーに乗りこんだのは二名で、あとの者はその場にのこっている。

「さて、そろそろですね。われわれも早くここを去りましょう」スラッチが不安げにいう。「あのネコたち、こっちに飛行部隊をさしむけてくるかもしれません」

「いつだって消えられるさ」グッキーがなだめた。自信満々のようだ。

この瞬間、《エクスプローラー》からシグナルがとどいた。船は静止軌道に到達し、いま中天にいる。ほかのセグメントは星系辺縁部で待機中だ。

「じゃ、行くかい」グッキーがふたりの手をとる。ところが、さっき早く去ろうといった張本人のスラッチは、急いでその手を引っこめた。

「《エクスプローラー》まで距離がありすぎませんか？　防護服も着ていないのに、真空を通るので？　わたしはちょっと……」

「ここにのこりたいっての？」グッキーが問いつめる。「非実体化なんて、ひと呼吸もしないうちに終わるんだぜ。十分の一秒もかからずに着いちゃうよ。司令室の方位確認はできてるから、大丈夫だって。まかせときな」

「本当に心配しなくていいんだぞ」副官がどういう男かよく知っているブルも、安心させるようにいった。「グッキーのテレポーテーションが目標をはずすことは、たまにしかないから」

「そんな！　ああ、神さま！」

「〝たまにしか〟っていっただろ！」ネズミ＝ビーバーはだめ押しすると、あわてふためくスラッチの手をつかみ、ブルとともに空気中に消える。

〝ぽん〟という音が、恒星シャローム第二惑星での滞在終了を告げた。

グッキーが手をはなしたとたん、スラッチは手近にあったシートに転げこんだ。

「テレポーテーションって、まったくとんでもない代物だ」と、うめく。それでも、その口調には賞讃の響きとすこしの羨望がまじっていたが。

ブルは奪ったパラ露のしずくを自室キャビンに保管すると、司令室にもどった。そこへH・ベックがやってきて、

「ゾンデ五機を置き去りにするのは惜しいですね」

「いくらでもかわりがきくさ。嘆いてもしかたない。いまわれわれにとって重要なのは、部隊に帰還すること。それから、ここでの調査結果を伝えることだ……しかるべき場所にな」

「テラですか？」

「そう、テラだ。とはいえ、部隊そのものはまだこの宙域にとどまる……当面は」

《エクスプローラー》は待機中の十セグメントのもとへ亜光速で向かい、ふたたび部隊に合流した。これで指揮船が復帰したので、ほか十隻の船長たちはいつでも新情報を入手できる。

そんななか、ついさっきネズミ＝ビーバーが話をしようとブルにいってきた。ブルはグッキーを自分のキャビンに呼び、こう切りだす。

「なんの話か見当はつくぞ、ちび」

「あんた、いつから思考が読めるようになったの？」

「たったいまだ。すぐわかったさ。別れの挨拶をしたいんだろう？」

「サバルに帰んなくちゃ。ぼかあ、必要とされてるかんね」

ブルはサバルの状況をたずねることはしなかった。ネットウォーカーはみな、他者に話せない任務を負っているのだから。

「またおまえさんと仕事ができて、楽しかったよ」

「お世辞でもありがと。ぼくもさ、でぶ……いや、よく見ると痩《や》せたね。おでこのトシンの印が関係してるのかい？」

「いろいろな惑星に行くたび重力がつねに変化するから、ものすごくこたえるのさ。ひとつの惑星に長く滞在するようになれば、また太ったわたしを見られるはず」

「そのほうがいいや」グッキーは友情のこもった笑みを浮かべた。「ファジーによろしくいっといて。かれ、いいやつだね。やばい状況になるとびくついて漏らしそうになるのは、相いかわらずだけど」

「だが、いざとなればりっぱに任をはたす」

「たしかに。それじゃ元気でね、親友。ぼくがぶじにネット船を見つけられるよう、祈っといて」イルトはそういうと、ネット・コンビネーションのヘルメットを閉じる。

「サバルまではすごく距離がある。ネット船から探すほうがずっとかんたんなんだ」

「達者でな」ブルも別れを告げ、グッキーのちいさな手を握りしめた。

「早くはなさないと、いっしょに連れてっちまうぜ！」

最後に親しげなウインクをよこし、ネズミ＝ビーバーは消えた。

ブルはグッキーがいままで立っていた場所をじっと見つめる。

「またすぐ会えるといいな、ちいさな友よ」

センチメンタルな感情を振りはらうと、いまやるべきことだけを考えはじめた。

*

《エクスプローラー》部隊にとり、もうシャローム星系は危険を意味しない。それでもブルはここから去るのが望ましいと考え、ポジションを移動した。部隊が通常連続体に復帰したのは、それまでまったく無意味だと思われた恒星から十光年ほどはなれた宙域だ。エンジンを切り、宇宙空間を低速で自由落下する。もよりの恒星までは数光年。

ここへきてようやく、次の策を練る余裕ができた。あらたに生じた事情を考慮するなら、さしあたりアブサンタ＝ゴム銀河内あるいはその近傍にとどまるのが重要だろう。その一方、惑星チャヌカーでの出来ごとを故郷銀河の上層部に報告すべきだという思いもある。

それも、人間の伝令を使って。

となると、部隊の一セグメントを使うしかない。

ブルはスラッチを自室キャビンに呼びよせた。かれは服をなかば脱ぎかけた格好でやってきて、

「ちょうど、何時間か寝ようと考えたところだったんです」と、いいわけする。そう聞かなくても、かれがベッドに入ろうとしていたことくらいブルにはわかっただろうが。

「いまなにも事件が起きてないから、わたしに用はないだろうと思って」

「それは根本的にまちがいだ」ブルの返事にスラッチはがっかりしている。「まずはすわれ。そのほうが話しやすい」

スラッチは椅子に腰かけた。おおいにいやな予感をおぼえて、

「われわれ、なかなかの成果をあげましたよね」と、切りだす。そんなふうにいえば、気が進まない……あるいは、すごく危険な……任務から逃れられるかもしれないと考えたのだ。むだな試みだったが。「人間には休養や息抜きが必要です」

「それなら充分すぎるほどあたえてやるさ、友よ。保安上の理由から、まだきみに一宇宙船の指揮をまかせるつもりはないんでね。そのために各セグメントにメンターがいるのだ」

スラッチは椅子のなかでおちつきなく身じろぎした。ここでレジナルド・ブルと謎解きをするより、自分のベッドで横になりたいと思っているのは明らかだ。

なにもいわず、次の言葉を待つ。

「さてと。われわれ、知りえたことをテラに報告しなくてはならん。きみもそう思うよな」これは質問ではないので、スラッチは黙ったままだ。ブルはつづけた。「ただ、情

報をこと細かに知らせたくても、プシ通信経由ではまず無理だ。十三年前、ソト＝ティグ・イアンが銀河系に完成させた〝奇蹟〟のことを思いだしてもらいたい」

スラッチはうなずいた。ようやく目がさめたようだ。

「そのことがチャヌカーのラオ＝シンにどう関係してくるんです？　なにより、テラへの報告に？」

「それにくわえて」ブルはスラッチの質問にはとりあわず、「銀河系内部のプシオン・ネットは絶望的なまでに結び目だらけなのだ。エネルプシ・エンジンを装備した船でも航行がむずかしい。それでもわれわれ、あえて故郷に一セグメントを送りだすことになるだろう」

スラッチは真っ青になった。

「まさか、わたしに……？」

そこでいいよどみ、驚愕の表情でブルを見つめる。

「一隻だけならまだ、錯綜するネットのなかを抜けていくのも容易だと思う」と、ブル。「迷子になるリスクはあるが、全部隊を発進させるよりはいい」

「すばらしいなぐさめ方だ。まさか、わたしにそのセグメントに乗れというつもりじゃないでしょうね」

「まさにそのつもりだ」

「いやですよ！」スラッチは椅子から跳びあがった。この流れを予想してはいたのだが。しかし、ブルの顔を見てまたすわりなおす。「わたしはあなたの友なのに！」

「そして副官でもある！」と、ブル。「この重要なミッションをまかせられるのはきみしかいないのだ。それとも、きみほど能力があってわが副官をつとめられる者がほかにいるか？」

「いえ、それは……ええ……」

スラッチは困惑して黙りこむ。

「だろう！　そこまでは意見が一致したな。セグメントは《アヴィニョン》を送りだそうと思う。乗員がしっかりしているし、船長もまったく問題ない人物だ。うまくやっていけるとも。もちろん船長の地位に変更はないが、実質上はきみが遠征指揮官だ」

「わかったような、わからないような。でも、重大情報を銀河系に持っていかないといけないというのは理解しました。あと、死につながる危険が待っていることも」

「大げさないいまわしはやめろ、ファジー。わたしはただ、目的地に到達するのはむずかしいといっただけだ。とはいえ、けっして不可能ではない。《アヴィニョン》の船長と乗員たちがいっしょなら、やってのけられるさ」

「ええ、まあ、そうですね」本気でそう思っているようには聞こえないが、スラッチの言葉にはわずかな自信と希望が感じられる。

ブルは満足だった。散歩のように気楽な道行きでないことは、かれ自身わかっている。だが、副官はきっとやりとげるだろうと確信していた。

「もうひとつ、たのみがあるのだ。しかるべき者に情報を伝えたら、可及的すみやかにわたしのもとへもどってくれるとありがたい。むろん、わたしがこの近傍にいることはないだろうが、プシ通信でコンタクトできるようにしておくから」

「やってみましょう」スラッチがきっぱりいう。「おたがい無傷でぶじに再会できたら、じつによろこばしいですね。出発はいつになるので？」

「よく聞いてくれた。今日はクリスマスだし、まだ《アヴィニョン》の船長と話したいこともあるから、明日はどうだろう」

「なら、まだ寝る時間はあるな」スラッチはうれしそうに立ちあがり、戸口に向かう。開いたドアが閉まる前に、こうつぶやくのが聞こえた。「メリー・クリスマス！」

ブルはしばらくキャビンにとどまったのち、司令室に行って《アヴィニョン》船長に通信連絡を入れる。

その後ようやく自分もベッドに入り、

「みんな、いいクリスマスを……」と、つぶやいた。

返事はどこからも聞こえなかったが。

9

カル・メン＝トーはネコのしなやかさで動くことができる。四つん這いでのぼりおりするのだって不得意ではない。それでも長いあいだ、グッキーに飛ばされた木の上からおりられずにいた。庇護者とそのお供五名が姿を見せたので、ついためらってしまったのだ。

それに対して部下たち百名はさっさと退却し、すぐに見えなくなった。いまごろはとっくに小道を通過して、安全な谷にもどっているだろう。

指揮官がいないままで！

かれはメイ・ラオ＝トゥオスがお供の一名とグライダーに乗りこんでスタートするまで待った。その機影が視界から消えたとたん、急いで木からおり、その場にのこっていたラオ＝シン四名のところへ向かう。いきなり戦闘部隊の指揮官があらわれたので四名は驚いたものの、カル・メン＝トーがちいさなミュータントから逃げずに戦ったという話を聞くと、尊敬の念を非常に強くした。その戦いが成果なく終わったとしても。

かれらのほうも、テラナーの捕虜となった体験を報告する。庇護者の類《たぐ》いまれな能力についてはよく知っているから、洞穴にいるあいだは彼女だけがたよりだったのだと。たとえ囚われの身に見えていても、メイ・ラオ＝トゥオスの動きは機敏だった。

だが、残念ながらちいさなミュータントの救出劇によって、作戦は失敗に終わったという。それを聞いてカル・メン＝トーはおおいに安堵した。

「こちらの攻撃をはねつけたのも、まさにそのミュータントだ。結局、われわれはメイ・ラオ＝トゥオスのような能力を持たないのだからな」これがかれの安堵の理由だ。庇護者でさえ一杯食わされる相手に対し、自分や戦闘部隊がどう太刀《たち》打《う》ちできたというのか？「まったく恐ろしいカオスだったよ。ブラスターがひとりでに鉤爪からもぎとられ、不本意にもあちこち飛ばされた。やつはすぐれたテレキネスにちがいない」

「すぐれたテレパスでもあります」一名が困惑しつつも強調した。「できれば二度と会いたくないもの」

「グライダーがもどってきました……うしろから、あと二機。全員、乗れますよ」

「ありがたい。あわれなわが部下たちのように歩かずにすむのだな」と、カル・メン＝トー。だが、メイ・ラオ＝トゥオスと顔を合わせることを考えると気が重い。

だんだんあたりが暗くなる。波乱万丈の長い一日だった。グライダー三機はスタートし、居住地近くの谷に安全に着陸するべく、小道をこえていく。

カル・メン＝トーの戦闘部隊はまだ退却の途中だった。基地にたどりつくのは、ずいぶんあとになるだろう。

メイ・ラオ＝トゥオスは戦闘部隊の指揮官が帰還したと知り、すぐ自分のもとへくるよう命じた。おのれのミッション失敗に憤激おさまらず、できるだけ早く怒りを発散したかったのだ。カル・メン＝トーはその犠牲になったわけである。

庇護者のバンガローは執務室も兼ねている。実質上、基地の司令本部ということ。そこにカル・メン＝トーが入ってきたとき、彼女は椅子をすすめることさえしなかった。

「戦闘訓練を受けた兵士が百名もいて、たったひとりの敵に敗走させられるとは。しかも、その相手は背丈がおまえたちの半分ほどではないか。ひどく失望させてくれたものだな。部隊指揮官の任を解こうと思っている」

おそらくそういわれると予感していたので、カル・メン＝トーは驚くこともなく、弁解の機会を待った。庇護者の小言が終わったら発言するつもりでいる。なにしろ、かれには最後の切り札があるのだから。

庇護者は相手がすぐに返事や謝罪の言葉を口にするとは考えていないらしく、間をおかずにまくしたてた。

「われわれ、高位女性の指示で行動している。これは極秘作戦なのだぞ。こちらの存在をテラナーに知られるなど、あってはならないこと」

「ゾンデが着陸してすぐに、かれらを始末するべきだったのではありませんか」カル・メン＝トーが口をはさむ。

「そう試みたとも！」庇護者の言葉にふーっと息がまじる。激怒している証拠だ。「タイミングを逸したのだ。例のちいさいミュータントがあらわれたのは、テラナー二名を投獄したあとだったのだから」

「ならば、両テラナーを直接あなたのもとへ連れてくるべきでしたな」

そのとおりである。メイ・ラオ＝トゥオスはこれには反論せず、

「おまえの部隊が洞穴を攻撃するのも遅すぎた」と、つづけた。「ブラスター発射によるわが合図を見てただちに出発していたなら、最悪の事態は避けられたかもしれぬ」

「合図？　見えませんでした。たぶん恒星が明るすぎたせいでしょう」

「あるいは、おまえが眠っていたか。いずれにせよ、部隊がようやく攻撃を決意したときはすでに手遅れだった。なお悪いことには、テラナーのひとりにパラ露を奪われてしまったのだ。パラ露なしでミュータントに立ち向かうことはできない。そのミュータントが目の前にあらわれたというのに、おまえの兵士百名は逃げだしたわけだな」

「かれらもわたしもパラ露を持っていません」カル・メン＝トーはついに、思いきっていいかえした。「あなたはミュータント十名を封じこめられるほど持っているのに、敵をひとりもかたづけられなかった。どうしてわたしを責められますか、メイ・ラオ＝ト

ゥオス？」

こんな訴えをされたのは、まして部下からいわれたのははじめてだ。だが彼女は、部隊指揮官の主張は不当なものではないと感じた。かれに責任を問うわけにはいかない。そんなことをすれば、公平に考え行動する庇護者という名声に傷がつく。

「事件の全貌をのちに報告せよ、カル・メン＝トー。ただし、報告書の内容は必要不可欠なものに限定する。問題となるのは、われわれがここにいると知られてしまった件と、わがパラ露備蓄の大半を盗まれたことだ」指揮官をじっと見るが、もうその声は怒りをふくんではいなかった。「部下たちを出迎えてやれ。長い行軍で疲れはてているだろう」

カル・メン＝トーは安堵の思いをひたかくし、別れの挨拶をしてバンガローを去った。自分も部下たちもこれ以上、責任を追及されることはあるまい。

実際、あのちいさなミュータントのおかげじゃないか。そう考えたかれは自分でも当惑したが、どれほど矛盾して聞こえようと事実なのだ。あの卓越したプシ能力がなかったら、庇護者は手玉にとられることもなく、攻撃合図を見落としたわたしを罰していたはず……

庇護者のほうはそのとき、窓辺により、指揮官が木々のあいだを抜けて姿が見えなくなるまで目で追っていた。

パラ露のガラス瓶を奪われたのがじつに悔やまれる。ただでさえすくなくなっていた備蓄の三分の一が失われた。そのとき、メイ・ラオ＝トゥオスの頭にひとつの思いが浮かぶ……大量のパラ露を着服する機会があったのに、逸してしまったという思いが。彼女自身、パラ露輸送船の一隻に乗りこんで三角座銀河をスタートしたのだった。ある惑星に……そこもまたアブサンタ＝ゴム銀河の北縁だが……着陸して積み荷をおろし、その後、オレンジイエロー恒星の第二惑星へとやってきたのだ。

かすかな希望が芽生える。輸送船四隻のそばで残存放射が観測できたではないか！ということは、船内をくまなく探せばひとつやふたつ、貴重なしずくのストックが見つかるかもしれない。それで失ったぶんをとりもどせるかも……

そう思うと、ふたたび自信が湧いてきた。

たしかに自分は敗北を喫し、この銀河で異例な活動がおこなわれていることをテラナーに知られてしまった。しかし、だからといって、かれらになにができる？　活動の目的すら知らないというのに。

そう、かれらは正確なことはなにも知らないのだ。

外はとうに暗くなり、夜が訪れていた。メイ・ラオ＝トゥオスはベッドに横たわり、眠ろうとする。だが、目を閉じてもなお、あのちいさなミュータントの姿が浮かんできた。大きな尻尾を持ち、ひょうきんな感じで、パラ露もないのに彼女より強力な存在。

自分でも不思議だが、なぜかあの生物のことが憎めない。とはいえ、そのプシ能力に嫉妬もしている。

この夜、メイ・ラオ＝トゥオスはいつになくぐっすり眠りこんだ。自分には任務がある。権威者に対する義務をはたさなければならない。

＊

同じころ、セグメント《アヴィニョン》は銀河系をめざしてスタートの準備をととのえた。そこから数光年はなれたところでは、グッキーのネット船がプシオン・ネットにもぐりこみ、サバルの拠点に向かってコースをとっていた。

あとがきにかえて

星谷　馨

ペリー・ローダン・シリーズ六五三巻をおとどけします。前半一三〇五話はアルント・エルマー、後半一三〇六話はクラーク・ダールトンの作品です。

じつはエルマーって人はわりと文章に矛盾が多く、翻訳のさいにいつも苦労させられる。おまけに今回は、ダールトンの原文にも問題点や納得いかない個所が多々みられた。編集や校正の方々と相談のうえ、あまりにおかしなところは手をくわえたり、文章位置を変更したりしてある。そういうのは本来ならば禁じ手だとは思うけれど、いつか松谷健二氏も指摘されていた「ドイツ版のケアレスミスの多さ」はときに目をおおいたくなるほどで、そのまま日本語にしたらまずいと判断せざるをえない場合がままあるのだ。

ここではいくつかその種明かしをしようと思う。

まずは前半3章。冒頭でローダンが惑星エルスクルスの都市キヴァへ向かい、博物館を訪れるのであるが、六四九巻の一八四ページを読めばわかるとおり、博物館があるのはキヴァでなくモバラという都市のほうなのだ。これについては訂正のしようがないため、しかたなく原文どおりに訳すことにした。ちなみに、これはペリーペディアでは「著者のまちがい（Autorenfehler）」として記載されている。

それから、同じく前半3章の七三ページ。キュリマン種族のシェドックが車椅子に乗って登場する。ところが、やはり六四九巻の一八一ページを見ると、ボニファジオ・スラッチことファジーが「キュリマンはすわらないのでして」と言っているではないか。そのくだりを引用すると、

「かれら、横になることもできません……（中略）キュリマンは、生まれてすぐの四、五時間はべつとして、生きているあいだはずっと立ってすごすのです」

一生を立ってすごすという種族が、どういう状態になったら車椅子に〝すわる〟のだろう？　本作は六四九巻でのエピソードから十五年後という設定だが、十五年間で種族の体形や習慣が変わるとも思えない。どうやらこれもAutorenfehlerのようだ。ここはとりあえず「車椅子らしき歩行補助具」という苦しまぎれの訳文にしておいた。

次に、後半ではレジナルド・ブルとファジーがカルタン人の親戚筋とおぼしきラオ＝シン種族と〝はじめて〟対面する。わざわざ〝はじめて〟と強調したのは、ラオ＝シンのメイ・ラオ＝トゥオスが独白のさいにブルとファジーを「テラナー」と呼んでるから

である。初対面なのだから、かれらがテラナー種族だと知るはずもないのに。これについては、可能なところは曖昧な表現に変更したものの、最後のほうはどうしようもなくなったため、二二一ページで原文にない一節をくわえてつじつま合わせをしてある。どうかご理解いただきたい。

それにしても、登場人物が知るはずのない情報を知っているというこの手の矛盾は、じつはローダン・シリーズでは枚挙にいとまがないほど出てくる。複数の著者が執筆を受け持っている以上、ある意味しかたないことなのかもしれない。日本語版ほどの緻密な編集・校正システムも存在しないのだろう。K・H・シェールとならんでシリーズ創始者でもあるダールトンだけど、ベテランだからといって油断は禁物。そんなわけで、ローダン翻訳にあたっては何よりも Autorenfehler のチェックが欠かせないのである。

さて、原文ミスをあげつらうのはこれくらいにして、前半と後半でひとつずつ内容の解説をさせていただきたい。

一〇一ページ、レジナルド・ブルのせりふにある「このデンマークではなにかが腐っている」というのはシェークスピアの『ハムレット』第一幕に出てくるフレーズだ。見えないところで陰謀や暗殺といった悪事がくりひろげられているさまを述べるもので、オリジナルの英文は Something is rotten in the state of Denmark. である。

最後に一四五ページ、ファジー・スラッチが「用心はゾウの母」とでたらめな慣用句を持ちだすシーンについて。これは、Vorsicht ist die Mutter der Porzellankiste（陶磁器の箱を運ぶさいにはよく気をつけること＝用心は賢明の母）ということわざと、wie ein Elefant im Porzellanladen benehmen（陶磁器をあつかう店でゾウのようにふるまう＝不器用で周囲に迷惑をかける）をごっちゃにした内容だ。ドイツ語の原文では Vorsicht ist die Mutter der Elefanten になっている。臆病でたよりないくせに見栄っ張り、だけどなぜか憎めない……そんなキャラクターのファジーらしい言い間違いではないだろうか。